AF246936

ÉCRIVINS
est une collection créée
et dirigée par Philippe Claudel

Le vin roule de l'or

Charles Baudelaire

Monsieur Bob

Olivier Bailly

Monsieur Bob

Stock

ISBN 978-2-234-06245-0

En mémoire d'Hélène.
Pour Sabine et Agathe.

À Baleine ville
Les révolutions et les alcools se sifflent
Dans les estaminets sans minuit.
Camille Bryen

Aux spécialistes de la scoumoune
Qui se sapaient de courants d'air
Et qui prenaient pour un steamer
La compagnie Blondin and Clowns
Léo Ferré

Où est-il mon moulin de la place Blanche ?
Mon tabac et mon bistrot du coin ?
Tous les jours pour moi c'était dimanche !
Où sont-ils les amis les copains ?
Où sont-ils tous mes vieux bals musette ?
Leurs javas au son de l'accordéon
Où sont-ils tous mes repas sans galette ?
Avec un cornet de frites à deux ronds
Où sont-ils donc ?
Fréhel
(A. Decaye/L. Carol-V. Scotto)

Prologue

Sur le flanc de la Mouffetard, presque à l'embranchement de la rue Saint-Médard, une lueur familière attire l'homme. La vitrine des Quatre Sergents de La Rochelle tatoue sur la peau luisante de la rue un rectangle doré chiné de sombres flammes vacillantes. C'est l'heure où dorment les honnêtes gens, celle que l'homme préfère, celle qui creuse le lit de la nuit, anonyme et obscure, seulement éclairée par les lumières du zinc.

L'homme contemple le ciel un moment puis ferme les yeux pour mieux s'imprégner de la petite ritournelle qui anime les ombres chinoises derrière la vitre du troquet. Là où il est, il n'entend aucun son distinct, mais les harmonies conversatoires qui montent et descendent au gré des silences et des exclamations. Le raclement des chaises sur le sol inégal, les verres qui se choquent et qu'on pose sur le zinc mat, et ceux, plus rares, qui chutent dans la sciure, ou, se lovant dans un silence impromptu, le frottement d'une pierre à briquet ou le grattement d'une allumette, le tout recouvert à intervalles réguliers par les gueulantes du patron. Mille bruits fuient et suintent de cet aquarium.

La pluie tout à l'heure est tombée en hachures diagonales sur la rue maintenant silencieuse et solennelle. C'est du moins, par contraste avec la vie qui sourd du lieu, l'impression qu'elle donne.

L'homme ouvre la porte. L'endroit fermente, son bouquet mâle bien connu, arôme épais de sueur, de gros tabac, d'âpreté vineuse et d'haleines peu renouvelées lui monte aux narines. Les murs sont bistre et la lumière qui du dehors semblait inonder de son halo chaque élément du décor nocturne paraît maintenant pauvre et sans éclat. Sur les cloisons un bas-relief en bois raconte les exploits historiques des quatre héros qui donnent leur nom au bistrot. Dans la lumière faiblarde on dirait une danse macabre. Les couleurs sont ternes, tellement qu'elles attrapent la moindre lueur sans la restituer. Un trou noir, en somme. Même les flacons alignés sur les étagères derrière le comptoir ne jettent aucun éclat. Le spectre offre toute une gamme de gris. Son verre servi, pimpant et habillé de frais dans son costume pourpre, attend l'homme qui boit d'abord une petite lampée avant de saluer la compagnie.

« Salut Bob », répondent les gars de la nuit.

Dans la salle, au milieu des tables, c'est la fête. Un pari, on dirait : c'est à celui qui réussira à maintenir par un pied une chaise en équilibre sur ses dents. Les ratiches les plus solides gagneront une chopine.

Aux Quatre Sergents de La Rochelle, les habituels hiboux de la Mouffe répondent présents à l'appel : Momo l'Artiche, le Bosco, Bébert le Métallo, le Rouquin, et même Gégène Tête de paf, bref tous les chiff'tirs qui, avant l'aube, sur leurs couvertures sales, déballeront leurs paquessons à même le carreau du marché Saint-Médard, les plus anciennes puces de Paris. Chez Olivier comme dans tous les rades de la Mouffe, c'est la même rengaine. Les chiffonniers déposent en consigne leurs trouvailles qu'ils écouleront contre quelques thunes qui leur permettront de subsister encore un peu sans trop s'en faire. Parmi la compagnie, Bob distingue encore Coco, dix-sept ans de bataillons d'Afrique, André Gellynck, dit P5 (« poète, peintre, philosophe, paillard, poivrot »), qui déclame un de ses poèmes contre un verre de rouge, Léon Boudeville dit la Lune, Richardo, l'homme le plus tatoué du monde. Il y a aussi Claude, dit le Docker, dit également l'Homme insensible, qui se perce les joues comme à son habitude avec une épingle de nourrice. On attend que ça saigne. Et même que ça saigne trop. C'est le moment le plus poilant. Dans ces cas-là, invariablement, Claude s'excuse : « Je suis tombé sur un os. » Et tout le monde se gondole. Voilà quelques-uns des plus fameux figurants de la nuit, des rôles authentiques, la cour miraculeuse de ce siècle qui, déjà à moitié éventé, n'y croit plus bézef, aux miracles. Une humanité de fantômes usés qui ont déjà tellement servi qu'on ne sait même plus qui ils pourraient encore hanter. Un brin inquiétante, la compagnie, mais l'un dans l'autre assez réconfortante, sans états d'âme, sans contremaître sur le dos ni terme à payer, poussant les jours comme ils viennent, sans avenir ni descendance, se chauffant au brasero du vin des rues.

De derrière son comptoir, forteresse de bois et de métal piqué, Olivier, le patron, histoire de se faire entendre à travers le brouhaha, avance sa bouille lunaire vers Bob.

« Doisneau est venu y a pas une heure, il

m'a dit de te dire qu'y sera demain comme d'habitude chez Bébert Fraysse. »

Les copains de Bob savent que, pour les commissions, inutile de lui envoyer une carte postale. Quant au téléphone, il y est allergique. Le télégramme, à la rigueur… Pour joindre Bob, il faut le chercher par les rues, mais le moyen le plus simple est de laisser un message en poste restante là où il fréquente : chez Lautard ou chez Constant, chez Alcide ou chez Mauricette, un clandé de la rue Quincampoix, au Vieux Chêne (chez le Commandant) ou bien ici, chez Olivier, chez la mère Guignard ou encore chez Marthe, au Sauvignon, à La Belle Étoile, aux Méchants, au Bar Bac ou à la Taverne Henri IV, Au Bar Vert, à L'Échaudé, chez le Père Quillet ou chez Moineau, au Courrier de Lyon, à La Tartine, chez Tricoche pas encore Les Négociants, au Rêve, au Chai de l'Abbaye, au Caméléon, à L'Embuscade… Et pourquoi pas au Vin des Rues ? Joli nom pour un troquet. Mais il faut attendre. En ces années que délibérément j'indétermine, ce Vin-là n'est pas encore tiré. S'il y a presse, alors, c'est différent, il n'y a qu'une seule adresse pour joindre Bob, celle du Café-Tabac de l'Institut, chez Fraysse prénom Albert, surnom Bébert, 21, rue de Seine.

Chez Fraysse, à Bob, c'est son port d'attache, son môle.

Olivier s'interroge. Pour ceux qui connaissent ses habitudes – et s'il en est un qui les connaît, c'est bien Robert Doisneau –, quoi donc de si peu banal doit se produire pour que cézigue se sente obligé d'avertir Bob d'un banal fait, c'est-à-dire sa présence chez Fraysse, lui que presque chaque jour son verre de beaujolais attend sur le comptoir à l'heure de l'apéro? Face à la mine perplexe d'Olivier, qui, bien sûr ne pose pas de questions, Bob sourit tout en tâtant la mitraille au fond de ses fouilles. « C'est pour moi », lui signifie de la tête le patron. Sur ce, Bob, s'approchant, lui glisse :

« Tu veux savoir ? »

Pour faire le portait de Bob

Un soir, l'âme du vin chantait dans les bouteilles. C'était pendant l'automne 1955, chez Fraysse, rue de Seine, fameux abreuvoir en lisière de Saint-Germain-des-Prés. En compagnie de ses amis, clochards, journalistes, écrivains, Robert Giraud arrosait la sortie de son livre, *Le Vin des rues*, récit où l'autobiographie se mêle aux choses vues, reportage poétique vécu de l'intérieur, dans la peau du personnage, dans la peau d'un autre. Dans la peau des prétendus rebuts de la société. Rébus de la société… Un condensé de dix ans de traînasseries dans les coins sombres de la ville, dont une bonne part en compagnie du photographe Robert Doisneau, le complice. Cinquante ans après – lors de l'hiver 2006 –, sur le trottoir de l'Hôtel de Ville, à quelques mètres où fut immortalisé le baiser du même nom, les Parisiens visitèrent nombreux l'exposition rétrospective que la mairie consacra à celui qui le mieux réussit à capter l'âme du peuple de Paris, sa gentillesse et sa gouaille, son humanité. Bien peu de ces visiteurs savent qu'une partie de ces photos n'auraient pu être prises sans Robert Giraud. Tout près, parfois dans le champ, on l'aperçoit, celui que Doisneau appelait son copain de la nuit : « C'est au moment où j'avais pris la résolution de ne faire que des gens pris dans le quotidien, tout à fait moyens, sans pittoresque, que je tombe sur Giraud qui m'a emmené voir des gens tatoués des pieds jusqu'à la tête, un type qui élevait des fourmis dans une cave pour recueillir des œufs pour nourrir des faisans, enfin des trucs invraisemblables[1] ! » Giraud, drôle d'oiseau dont le ramage se rapporte au plumage, phénix des hôtes de chez Fraysse. Sur le rade patiné de cet illustre bistrot, du lendemain de la guerre à l'avènement des trente glorieuses, en compagnie d'une joyeuse bande de boit-sans-soif, Robert Giraud écrit les dernières lignes d'une histoire qui tire à sa fin, celle

____

1. *Robert Doisneau, le braconnier de l'éphémère*, Ina/Radio France, 2007.

d'une civilisation bientôt engloutie. De Buci à Mouffetard, des Halles à la Maube, de la porte de Clignancourt jusqu'à celles de Vanves et de Montreuil, chacun le connaît par son blaze : c'est Bob et c'est marre. Mais pour l'état civil c'est Robert. Robert Giraud, dernier arpenteur de Paris, la ville-poème.

Arrimé à la presqu'île où il tient ses assises, l'habitué du bout du zinc aimante son essaim de nez piqués. Autour de l'affable président de séance qui sans conditionnel met Paris en bouteille, on écoute attentivement le flot intarissable d'histoires prononcées d'une voix sablée, entrecoupé à intervalles ponctuels par l'allumage d'une cibiche ou par l'éventuelle arrivée d'un nouvel impétrant à qui le conteur de comptoir souhaite l'amicale bienvenue, lui passant la main dans le dos et signifiant tacitement au patron de régaler illico le fran-gin qui vient de s'agglomérer à la société. La stature de Bob Giraud, l'homme de barre qui occupe le centre de cet hémicycle, n'est pas imposante, mais sa trogne est intéres-sante. C'est le mot qui convient. Intrigante. Comme Cyrano le poète il s'éclaire le soir venu à la lumière lunaire et du rouge au vers, s'il versifie, il verse aussi. Notre homme pré-sente d'autres points communs avec le cadet de Gascogne, comme la probité et la fidélité, mais pour l'heure arrêtons-nous à son physique, plus particulièrement à son appendice nasal, autrement dit à son baigneur, son pif, son reniflard comaco que dans la langue des affranchis, vu la pointure exceptionnelle, on appelle un quart de brie ou un fer à souder. Pour boire s'était-il fait fabriquer un hanap ? Je l'ignore. Spontanément vient l'image d'un bec de rapace. Ou de cigogne (celle de la fable) : profilé pour passer dans tous les récipients, même les vases « à long col et d'étroite embouchure ». Ses copains le surnomment le Pic-Verre. Il picole, mais surtout il picore. Rien n'échappe à son œil vif de merle moqueur. Ses tifs l'apparentent au hérisson. Qui s'y frotte s'y pique. Malgré sa maigreur, son paletot lui donne une certaine allure. Mais ses pognes accaparent soudain toute l'attention. Expressives. Cézigue, c'est sûr, c'est moins un corps que des mains − mains fines et longues qui retiennent le copain dont la partance annoncée est d'autor' remise au bout du bout du dernier godet, dextres agrippées au verre ou à la tige qu'il allume à même la même, paluches bavardes qui racontent leur singulière chanson de geste. Moins des mains finalement qu'une gueule. Gueule d'aminche ou d'amour, question d'atmosphère, mais pas une grande gueule, ça non. Sa voix n'est pas celle de l'orateur, mais du confident qui raconte à tout un chacun, cénacle improvisé, l'histoire unique et inédite qui ne sert qu'une fois. Voix presque blanche, tapissée de goudron, veloutée et râpeuse, sans accent. Une voix d'outre-ailleurs. Figure hors du temps, le zig semble échappé de la compagnie des gargouilles qui dominent Paris, là-haut, accrochées aux tours de Notre-Dame. Blason, bestiaire, créature fantastique, âme vagabonde perpétuellement errante et en mouvement. Solitaire comme un chat, prudent, agile, discret et nyctalope. Jamais là où on l'attend. D'ailleurs on ne l'attend plus. On l'attend tellement peu, Bob Giraud, que nombreux sont ceux qui l'imaginent, dans le meilleur des cas, personnage romanesque, ectoplasme. Dans le pire, on l'a simplement biffé de l'histoire littéraire. Je sais, Bob, tu t'en fous, de l'histoire littéraire, mais tout de même, tu en fais partie. Mais la littérature t'ignore. Tu passes comme une ombre à travers les biographies sans laisser d'empreinte. Sans les photographes, à commencer par Doisneau et Georges Dudognon, tu serais effacé de la mémoire de cet après-guerre vibrionnant, de ce Saint-Germain-des-Prés dont tu fus, toi aussi, et avec bien plus de talent que bon nombre de faiseurs, l'une des figures. Il faut dire, vieux matou, que tu as tout fait pour ne pas te montrer. La promotion de toi-même, ça n'a jamais été ton truc.

Bob qui ? Drôle de passager de la nuit que ce particulier débarqué de nulle part, éternel étranger pourtant partout comme chez lui, solitaire très entouré. On recherche sa conversation, car il a toujours quelque chose de passionnant à raconter. Comme si chacune de ses virées nocturnes dans Paris était un voyage dans le temps ou aux antipodes. Tout devenait merveilleux, fantastique ou bien « formidable », dès que Bob Giraud racontait ses expéditions.

Le typographe, éditeur, graveur et journaliste Maximilien Vox, joyeux compagnon des féeries qui illuminèrent les nuits du bistrot du père Fraysse, l'a croqué d'un trait vif et souple, saisissant comme une parabole, fidèle comme une icône (païenne). C'est tout Bob, ce crobard : cheveux comme des antennes, plantés dans tous les sens, histoire de capter jusqu'au plus infime des bruits du monde, œil allumé et nez fureteur, accoudé au comptoir, jambe repliée, verre à la main. Tranquille comme Baptiste, accueillant comme l'ami qui vient.

Robert devient Bob

Robert Paul Giraud naît le 21 novembre 1921, à Nantiat, en Limousin. Son père, Léobon, travaille dans l'administration fiscale, il est vérificateur des contributions indirectes. Un bon poste. Famille aisée et propriétaire terrienne. La mère, Marie-Andrée, élève la fratrie qui se compose de Robert, l'aîné, d'Yvonne, de Lucette et de Pierre. Lucette décède à l'âge de six ans d'une méningite. Tous les dimanches, la famille se recueille sur sa tombe. Tous les dimanches, la mère les traîne à la messe. Un deuil perpétuel. Pas étonnant que plus tard Bob préfère aux églises les bistrots, ces temples laïcs où la contrition n'a pas cours. À Limoges, après la petite école, il fréquente le lycée Gay-Lussac, une imposante bâtisse martiale au centre de la ville. Ses premiers camarades s'appellent Marcel Laucournet, futur grand libraire, et Roland Dumas, l'avocat et le ministre dont le père, avant d'être une figure de la résistance limousine fusillée par les nazis, est aussi, comme celui de Bob, fonctionnaire aux impôts. Amis, les papas taquinent ensemble la truite dans les petits ruisseaux poissonneux de la Vienne. Le père Giraud est un spécialiste de la pêche à la mouche. L'automne, ils partent cueillir des champignons, tradition que sa vie durant Bob ne manquera jamais. Régulièrement les familles s'invitent. L'été, dès l'adolescence, on pratique le camping. La belle jeunesse. En classe, Robert Giraud, doué en littérature mais pas en mathématiques, n'est pas un modèle d'assiduité et il lui arrive de sécher les cours. Banal. Ses amis décrivent un garçon modeste, n'aimant guère se mettre en avant, mais paradoxalement, au lycée, il est frondeur et amuse la galerie au détriment d'un certain prof, sa tête de Turc. Passionnés de littérature, lui et sa « bande » s'inventent des surnoms à la manière des « Phrères simplistes » du Grand Jeu. C'est là que Robert devient Bob. Parmi ses auteurs favoris, les poètes, ceux du XIXe siècle surtout, et les écrivains, chroniqueurs ou romanciers de Paris – Restif de la Bretonne, Huysmans, Mac

Orlan, Charles-Louis Philippe, Apollinaire, Salmon, etc. –, et particulièrement de Montmartre. Carco est l'un des ses préférés. Bob est et demeurera un très grand lecteur. Il écrit déjà des poèmes.

Il explore les puces de Limoges tous les samedis matin. Cet amour de la chine le prend alors qu'il s'y promène avec son père, à l'âge de sept ans. Il restera toute sa vie un amateur de brocantes, de cartes postales qu'il collectionnera par milliers, de vieux bouquins qu'il chinera, revendra. Un métier qu'il sait d'instinct. Il y a déjà en lui du broco et du bouquiniste. Parallèlement, il s'enfièvre pour la politique. Il a quinze ans au moment du Front populaire. Il prend parti : « Avec Giraud, se souvient Roland Dumas, on portait déjà la bague à trois flèches SFIO tandis que d'autres portaient la bague avec les tibias et la tête de mort, l'insigne des Croix-de-Feu. On se rangeait en ordre de bataille à la sortie du lycée. »

Chez Fraysse

1936-1946. Dix ans plus tard, qu'est-il devenu, le petit jeune homme provincial qui composait ses poèmes dans les jardins de la cathédrale Saint-Étienne de Limoges? Désormais, Bob écrit à l'ombre d'une abbaye et son village s'appelle Saint-Germain-des-Prés. Pas celui de Sartre et de Beauvoir, mais celui de Prévert, celui du populeux marché de Buci et de la rue de Seine. Peu spectaculaire rue de Seine où la vie prend son temps comme une fillette qui s'imagine… Au 21, le père Fraysse fait la pluie et le beau temps, un microclimat tempéré, une sécession territoriale, loin du raffut ambiant dont le triangle surexposé Lipp-Deux-Magots-Flore constitue le centre emblématique, la devanture. La vitrine. Chez Fraysse, c'est plutôt les cuisines, l'arrière-boutique.

Autant dire que c'est là que ça se passe. Un secret bien gardé, comme on dirait aujourd'hui. Camouflé, rien ne distingue le Café-Tabac de l'Institut, point médian entre l'Académie française et l'église Saint-Germain, d'un quelconque mastroquet, sinon sa carotte et son vin, tous deux également rouges comme les lanternes qui, il y a peu, juste avant la loi Marthe Richard de 1946, signalaient la présence des bordels. La carotte et le vin, pas une armoirie, encore moins un drapeau. Juste un signe de reconnaissance. Chaleureuse principauté que l'étroit bistrot tout en longueur que gouverne Fraysse, Rouergat dont les paroles roulent, gouleyante et rocailleuse avalanche. La clientèle ici est à l'image du quartier. Une peinture naïve où figurent sur un seul plan – il n'y a pas d'arrière-plan, la salle est trop petite – l'ouvrier, l'artisan et la concierge du coin, de vénérables immortels échappés de leur séance de dictionnaire, des élèves et des professeurs des Beaux-Arts voisins, peintres ou architectes, et quelques spécialistes de la descente rapide comme Antoine Blondin, Albert Vidalie, Jean-Paul Clébert, Jacques Yonnet ou Maximilien Vox, pilier de cette assemblée où figurent aussi Robert Doisneau ou les frères Prévert, moins fortiches question descente, mais l'important n'est-il pas de participer ? D'autres encore sont chez Fraysse comme chez eux, fréquentent inlassablement ce lieu aux murs recouverts de toiles d'amis artistes. Pour bon nombre d'habitués, cette atmosphère incomparable on la doit autant au patron, qui sait choisir ses vins, qu'à Bob. Chez Fraysse, son glass à la main, son clope entre pouce et index, la jambe croisée tel le Pendu du tarot, Bob quand il ne parle pas peut rester là tel un matou, pensif du bout du bar : « Pour les solitaires qui vivent en quantité, le bistrot est le seul endroit où l'on puisse rester en toute tranquillité pendant des heures pour une somme relativement modique. Les solitaires volontaires, et les autres aussi, l'ont bien compris[1]. » Chez Fraysse, les volutes ondoyantes, panachées gris-bleu et blanc, lentes à se mouvoir car lourdes et immobiles comme ce brouillard d'automne qui monte du fleuve, manifestations évidentes de la société de consumation, sont la matérialisation pour ainsi dire imagée des rêveries du buveur satisfait. Ici on aime boire. D'abord parce que le vin est bon, aussi parce qu'il est

---

1. Robert Doisneau, Robert Giraud et Michel Ragon, *Les Parisiens tels qu'ils sont*, Delpire, 1954.

bu en bonne compagnie. Fraysse choisit ses vins comme ses clients. De prime abord, pas commode, le père : « Avec son regard terne, son ombre de moustache au-dessous d'un gros nez couperosé, un mégot de cigarette éteint au coin de la bouche, le patron, Albert Fraysse, homme bedonnant d'une cinquantaine d'années, était une caricature de Français. Sa femme, matrone mal fagotée au visage sévère, gardait jalousement la caisse tandis qu'Albert, un tablier de cuir noué sur sa bedaine, allait et venait derrière le comptoir, remplissant les verres dès qu'ils étaient vides et partageant parfois "une tournée"[1]. » Mais son cénacle est en vérité le plus démocratique qui soit. Ouvert à tous. C'est là son seul critère de sélection. La méthode a du bon puisqu'elle exclut d'emblée importuns, pédants, existentialistes mondains et généralement tous les fâcheux et poseurs qui, ainsi noyés dans l'effarante humanité hétéroclite se pressant quotidiennement dans l'exigu local, peinent à se singulariser, donc à être. Leur existence étant précédée par le beaujolais, il faut aux pénibles s'y dissoudre et se taire. Ou bien s'en aller. Ils sont peu

____

1. Stanley Karnow, *Paris années cinquante*, Éditions Exils, 1999.

nombreux à faire le siège, les indésirables, le patron ne leur laisse guère l'heur de prendre racine. Au final, l'assemblage issu de cette habile sélection donne au tableau un bouquet indéfinissable.

nombreux à faire le siège, les indésirables, le patron ne leur laisse guère l'heur de prendre racine. Au final, l'assemblage issu de cette habile sélection donne au tableau un bouquet indéfinissable.

Les prénoms du beaujolais

Chez Fraysse, d'abord client de passage, Bob devient un habitué. Depuis qu'il a poussé la porte de ce troquet, va savoir pourquoi, c'est le grillon du foyer, le griot, le palabreur, le troubadour, l'écrivain public qui dévide sa pelote, raccommode entre elles les nuits de Paris. Comme certains musiciens de l'instant, ses gammes bien travaillées, il improvise. C'est là, sur cette scène, qu'il donne sa mesure. Son public captivé boit ses paroles. Ce n'est pourtant pas son unique escale, à cézigue, qui deviendra le spécialiste incontesté ès rades. « Le bistrot est un éternel poème, jamais le même, écrit et réécrit mille fois par des milliers d'amoureux. Savoir les apprendre tous les uns après les autres, pour se confectionner une sorte de petite géographie sentimentale, tout est là[1]. » Il les a toutes pratiquées, les pistes en zinc de Saint-Germain et d'ailleurs. Si chacun a ses habitudes, son bistrot attitré, cela n'empêche pas les échappées à la bonne franquette, à la va-comme-je-te-pousse, au bonheur du jour et à la fortune du pot. Et puis ça dépend aussi de l'heure. On écluse à tel endroit, à tel moment, et pas à un autre. À cause de l'ambiance. À cause des copains qu'on sait y trouver sans se donner rendez-vous. Le choix de l'abreuvoir est tout sauf hasardeux. De Fraysse, là où, tel un animal, son instinct le rappelle, il aurait pu dire parce que c'était lui parce que c'était moi. Question d'ambiance, mais pas seulement, la personnalité du patron est certes déterminante, tout autant que ce qu'il sert dans les verres : le morgon, le brouilly, le chiroubles, bref, « tous les prénoms du beaujolais », comme dit joliment Doisneau qui reconnaît les avoir appris de l'ami Bob. Ce beaujolais fruité, fil invisible, rouge néanmoins, relie les clients de chez Fraysse. Le beaujolais dans les verres est alors nouveau à Paris. Jusqu'en 1948, date d'application du plan Marshall, le vin

---

1. Jacques Prévert, Robert Giraud et Robert Doisneau, « Bistrots », *Le Point*, n° 57, 1960.

est rationné, ce qui amplifie les différents trafics entamés depuis la guerre. Le marché noir n'a pas appauvri les négociants de Bercy – c'est un euphémisme – qui continuent à se sucrer après la Libération où le vin, de mauvais, devient cher. « Coteaux de Bercy » désigne alors un « vin de médiocre qualité » et le trafiquant de vin à Bercy est appelé « bercycottier[1] ». Certains bistrotiers ne boivent pas de ce jaja-là. N'allez pas croire non plus que les bistrots à vin fleurissaient à chaque coinsto. Une invention récente, ça, les bars à vin. Seulement quelques zincs, aiguillonnés sans doute par une clientèle exigeante, se distinguent en proposant leur spécialité qu'ils vont généralement sélectionner en allant goûter les pièces sur place. À chaque saison, Fraysse emmène ses meilleurs clients en tournée dans le Beaujolais choisir avec lui les crus qu'il servira dans l'année. Ce qui donne lieu à d'épiques expéditions à l'heure du degré zéro de l'Alcootest parfaitement inimaginables et absolument improbables aujourd'hui.

---

1. Robert Giraud, *L'Argot du bistrot*, Marval, 1989.

Bob de la Visconte

Le bistrot, en particulier chez Fraysse, est pour Bob « la pièce supplémentaire de chaque appartement. Le salon, le club, la gazette parlée[1] ». Son secrétariat aussi. Son chez-lui, là où, journaliste chineur, dénicheur d'insolite, il met à plat ses trouvailles glanées au hasard des dérives et se repose de ses campagnes, en un mot sa turne se trouve à deux pas, presque à l'embouchure de l'étroite rue Visconti. Au numéro 5. Une carrée pas très grande, sans électricité et avec les commodités sur le palier, où on doit se tenir courbé en beaucoup d'endroits. Son antre est situé tout en haut d'un petit immeuble peu reluisant de cette

---

1. Film de Patrick Cazals, *Robert Giraud, le maître d'argot*, Les films du Horla, F3 Limousin-Poitou-Charentes, 1999.

venelle profonde comme une blessure qui ne cicatrise pas. Il faudrait un peu de soleil pour qu'elle se referme. Mais le soleil a prévu d'autres escales. On y accède par un sombre escalier aux marches inégales. La pièce est rudimentaire : un réchaud, une table pour faire chauffer l'eau du thé (pour travailler), une chaise et un lit de camp acheté au rabais dans un surplus américain de Clignancourt. Il dort à l'heure où le Paris du jour se lève. Sa taule est comme un nid posé à l'orée de son aire exploratoire favorite : la Mouffe, la Maube, les berges de la Seine, les Halles, Saint-Germain. « Je n'ai jamais été clochard au vrai sens du mot, parce que j'ai toujours eu un domicile. Y a quand même de quoi se marrer, un domicile, la mansarde délabrée à l'ombre du clocher Saint-Germain. Enfin, ça suffisait aux yeux de la loi et c'était vraiment une bien bonne chose[1]. » Bienheureux de posséder un toit et de ne pas dormir sous la cloche céleste, Bob, en ses premières années d'installation parisienne, est presque un homme comblé. D'autant plus qu'il vient de rencontrer Paulette. Ce fils de bourgeois est fasciné par cette gosse issue d'un milieu modeste, truculente et vive, qui chante

---

1. Robert Giraud, *Le Vin des rues*, Denoël, 1955.

comme un pinson. Comme dans toutes les romances, il y aura des balades – « Mon amour tu te souviendras, de nos jeux d'herbes sur la Marne, par un jour de soleil d'été[1] » – et un 14 Juillet. Beau comme une photo de Doisneau. Inoubliable. Chaud et joyeux. Rue des Canettes, les couples guinchent sur la musique de l'orchestre installé en haut d'une petite estrade, devant le café. Il y a cette femme et cet homme qui pourraient être Paulette et Bob et qui semblent tournoyer éternellement. Neuf mois après ce 14 juillet de 1949, jour pour jour quasiment, Luce vient au monde. Un « accident ». Bouleversera-t-il Bob ? Nous ne le saurons pas. Sa vie privée, comme sa mansarde, n'est ouverte qu'à de très rares amis.

Paulette, toujours présente pour faire chauffer la gamelle, soutiendra Bob inlassablement, s'occupera de leur fille et de la maison. Elle exerce le métier de tapissière. Elle vend aussi, assise devant sa boîte, sur les quais, les livres que Bob rapporte de ses expéditions aux puces ou que les chiff'tirs lui cèdent contre la promesse sonnante et trébuchante d'un kil de rouge. Il obtient en 1950 une concession de bouquiniste, denrée rare

____

1. Robert Giraud, *Interdit au cœur*, Osmose, 1952.

mais pas introuvable quand on a comme lui un passé de résistant. Sur une photo de Doisneau datée de 1951, on aperçoit sa silhouette à l'arrière-plan, feuilletant quelques bouquins. Il sera même secrétaire-archiviste du prix des Bouquinistes fondé par Marcel Weber et Fernand Teulé en 1952, fonction qu'il abandonnera très vite. Louis Lanoizelée, auteur des *Bouquinistes des quais de Paris* qui vend aussi des bouquins sur les quais, dresse la biographie de Giraud dans un chapitre intitulé « Bouquinistes célèbres ». Mais qu'est-ce qui pourrait le retenir toute une journée, sous le soleil ou dans le vent, « attaché à la rive comme un ponton de bateaux parisiens », comme l'écrivait Mac Orlan ? Certainement pas quelques brochures rangées le long d'un parapet dominant la Seine. Paulette, patiente, répond aux curieux qui lui demandent : « Vous ne savez pas où, quand, je pourrais trouver Bob ? » Quand il ne travaille pas dans le secret de son antre, c'est la nuit et il rôde… Paulette regrettera toujours de ne jamais pouvoir le suivre dans ses déambulations. En cinquante ans de vie commune, elle n'en connaîtra, Pénélope des faubourgs, que les retours. Elle sait juste qu'à certaines heures il est avec ses copains, de l'autre côté de la rue de Seine, chez Fraysse.

« Mes amis familiers
comme une parole et sans paroles[1] »

Pourquoi chez Fraysse et pas ailleurs ? « La question du choix, celui-là plutôt qu'un autre, n'est pas le résultat d'un quelconque pile ou face. C'est beaucoup plus important. La lente exploration des établissements du secteur fait la sélection. Les laissés-pour-compte ne le sont pas pour tout le monde. Heureusement les bistrots ont un autre rôle que celui d'une sorte de hall de gare pour trains de banlieue. Au moment précis où le bistrot devient son propre bistrot, l'homme connaît un nouveau prolongement. La salle qu'il a choisie est une succursale, en même temps concrète et abstraite, de sa vie publique et de sa vie privée[2]. »

---

1. Robert Giraud, *L'Enfant Chandelier*, Rougerie, 1958.
2. Jacques Prévert, Robert Giraud et Robert Doisneau, « Bistrots », art. cit.

Pour Bob, explorateur de la nuit parisienne, tout autant que le salon où il cause et joue à la belote, c'est ici le campement de base où il prépare sa quotidienne plongée nocturne. C'est aussi le haut lieu de l'amitié. L'amitié ici se conjugue au pluriel. Ses noms de famille sont Prévert et Doisneau, tous deux rencontrés en 1947. Cette année-là, c'est pour Prévert le moment où *Paroles* éclôt. Publié deux ans plus tôt, c'est une bouffée d'air frais dans un environnement encore chargé de miasmes vert-de-gris. Édité une première fois en 1945, ce best-seller poétique inaugure le catalogue du Point du Jour, jeune maison créée par René Bertelé, qui en conservera la direction quand elle deviendra une collection au sein des éditions Gallimard. Le triomphe, Prévert l'a modeste. Tranquille, il boit son beaujolais au comptoir de chez Fraysse entre l'ouvrier et la pipelette. Il aurait fallu voir ça, au milieu de ce peuple gouailleur, qu'on la joue à l'esbroufe ! Pas son genre à Jacques, que Bob, encore timide, vouvoie. Cela ne durera pas. On peut s'étonner aujourd'hui que Prévert lui-même boive son coup, comme tout le monde, au milieu des anonymes, sans provoquer d'attroupement, de curiosité mal placée. D'une part Prévert n'était pas, malgré son succès, le poète dont le nom orne aujourd'hui des frontons de lycée, mais surtout la vie était ici, dans la rue, dans les bistrots. La télévision et toutes ces sortes de choses n'avaient pas encore annihilé le réel, glorifié la gloriole et désagrégé la simple civilité qui régit les rapports entre individus. La vie était là. Un spectacle, des histoires, des paroles, la vie était juste pour elle-même, par elle-même, une source d'étonnement, voire, les bons jours, d'éblouissement. Pour Prévert, « la poésie est partout comme Dieu est nulle part ». À partir de là, l'entente avec Bob, son cadet de vingt ans, ne peut qu'être totale. « Il suffisait de l'écouter, le suivre. On partait en vadrouille, un émerveillement. C'était un seigneur[1]. »

Et puis il y a Doisneau. Leur amitié durera une seconde, la vie entière. Jusqu'à extinction des feux. Doisneau et Giraud, fameuse paire de Robert, alliage curieux, deux tempéraments opposés. Bob le nocturne guidera Robert le solaire, histoire qu'il éclaire de sa lanterne magique, pour l'éternité, vingt ans après Brassaï, les coins sombres de la ville. Il sera son « précepteur » : « Sans lui, jamais je n'aurais connu les voleurs, les tatoués,

---

1. *Écrivain magazine*, février-mars 1996.

les infirmières de l'amour et tout un chep-
tel d'individus inclassables. Il fallait le voir,
coude au comptoir, tête tournée vers la porte
du bistrot, attendre l'événement non pro-
grammé ou l'arrivée d'un naufragé de la nuit
en mal de confidences, attendre des heures
avec une patience inouïe – et là je m'y
connais –, vidant à petits coups sa consom-
mation, comme pour remplir son stylo[1]. »
Bob est pour Doisneau, plutôt timide – mais
il y avait de quoi l'être parfois –, son laissez-
passer : « Un jour, dans un bistrot, on voit un
type au bar, carrément l'homme de Cro-
Magnon avec des cheveux jusqu'au milieu
du front. Doisneau me dit : "T'as vu ? – Bien
sûr, j'ai dit, on voit que lui. – J'aimerais bien
le prendre", dit Doisneau. J'ai pris mon verre,
me suis rapproché du gars et j'ai dit : "Mon
camarade aimerait bien prendre une photo
de toi. – Pourquoi ? qu'il fait. – Parce que
t'as une sale gueule, j'ai dit. – Ah bon, alors
d'accord", a répondu le type[2]. » Des histoires comme celle-là, dans des mastroquets
louches, il y en a à la pelle. Celle-ci au moins
illustre le rapport que Bob entretenait avec

----

1. Robert Doisneau, *À l'imparfait de l'objectif*, Belfond,
1989.
2. *Écrivain magazine, op. cit.*

les « classes dangereuses », comme les nommait l'historien et sociologue de Paris Louis Chevalier qui, dans les années cinquante, parcourait les Halles avec ses étudiants pour étudier la population. Immergé. Une approche novatrice, celle d'un grand amoureux de la ville qui n'hésitait pas à établir des comparaisons entre ses savants graphiques et les romans des plus fameux écrivains de Paris, de Balzac à Miller. Bob le poète, à sa manière empirique, mesure aussi la ville à l'aune de ses lectures, et ses observations recoupent en bien des points celles de Chevalier. Comme si chacun avait cheminé vers l'autre. Mais la rencontre, hélas, n'aura jamais lieu.

Un affranchi

En ces années quarante finissantes, Paris sommeille toujours. Le logement est rare, souvent insalubre, le boulot, quand il y en a, est mal payé, l'alimentation est rationnée et le vin trafiqué, seule l'indigence prospère. Stigmates de la guerre qui perdure dans son après. À part ça, la ville n'a quasiment pas changé d'aspect. Elle est toujours Paris. Paris-jour du peuple quotidien à la langue bien pendue. Et Paris-nuit. Au milieu du cadran c'est l'heure où les bistrots, les taxis, les travailleurs des Halles et des imprimeries du faubourg Montmartre grouillent. Depuis la fermeture des bordels, les clandés ont pris le relais. Ouverts la nuit, comme quelques bistrots tel le Bar Bac, jumeau nocturne de chez Fraysse. Proche d'une annexe de l'imprimerie du *Journal officiel*, le Bar Bac, tenu par Blanche, un personnage, a obtenu une dérogation et peut donc rester ouvert vingt-quatre heures sur vingt-quatre. La faune est presque la même que chez Fraysse. Blondin et Vidalie vont de l'un à l'autre, mais on retrouve aussi les Olivier Larronde, les Léo Ferré, et tant d'autres dont la liste ferait passer ce petit livre pour un bottin des Arts et lettres. Ailleurs dans la ville, la nuit est un continent mystérieux où seuls s'aventurent quelques explorateurs, un territoire à côté duquel le Paris by night est une déclinaison sans saveur. Un ersatz. Un décor où à moindres frais on s'offre quelques gentils frissons. Les excursionnistes qui survolent la capitale dans leurs autocars méconnaissent forcément la puissance obscure que la nuit ancestrale, presque médiévale, confère à ce Paris d'un autre âge. On ne s'y hasarde pas sans risque. Tous les jours, les douze coups de minuit sonnés, ça recommence, la ronde des putes, des nuiteux, des rôdeurs et des tire-laine. C'est là que Bob trouve son compte, son motif. Les touristes ignorent – mais ceci n'est pas inscrit dans les guides – qu'en certains lieux de la très vieille cité, celle-là qui était ceinturée naguère d'une muraille, est le repaire d'une faune hirsute et brute dont les mœurs prospèrent dans de crasseux bouis-bouis où l'on ne pénètre que muni d'une recommandation très spéciale. C'est marqué sur ta gueule, généralement. Et si ça ne l'est pas, il te faut de sacrées accointances avec la marge pour t'y hasarder. L'importun est vite démasqué et il vaut mieux posséder certaines qualités pour ne pas tomber tricard ou, pire, risquer le coup de surin. Dans ce cas, la moindre des politesses est de répondre coup pour coup, histoire de ne pas passer pour un cave. Un jour, un clochard lance un couteau qui vient se ficher dans le bois du comptoir, entre les jambes de Bob. Il retourne l'objet à l'envoyeur. Il lui arrive, le matin, retour de quelque coin obscur, d'arborer quelque rougeur à la joue que remarque illico son copain Doisneau. « Moi ce n'est rien, si tu voyais la tête de l'autre ! » lui répond Bob qui, toujours réglo, se fait accepter des affranchis qu'il observe d'un œil dépassionné : « L'homme du milieu auréolé d'une légende créée par les poètes et les romanciers n'est pas un héros, loin de là, ni même, pour tomber dans l'exagération contraire, un enfant du malheur comme il aime souvent à se désigner. C'est un homme qu'il faut accepter ou rejeter. Il n'y a pas de demi-mesure. La société ne fait de cadeau à personne, le mitan non plus[1]. » Finalement, la société de la nuit est en négatif celle du jour, du kif, avec ses usages et ses codes. Si tu la respectes et que tu ne t'immisces pas, tout peut bien se passer. Bob, messager, acteur et témoin, c'est Villon au cabaret de la Pomme de Pin ou Restif écrivant la chronique d'une cité qui bouge encore.

---

1. Robert Giraud, *Le Royaume d'argot*, Denoël, 1965.

Il y a des gens bizarres

À la Libération, Saint-Germain-des-Prés est encore un quartier provincial. Subitement, il devient l'épicentre de toutes les folies. On jongle avec l'insolite, le loufoque, l'érotisme, le bizarre, l'esprit fin de siècle. On sort du pire, on cherche le meilleur. L'art est brut, naïf, abstrait, l'humour, noir ; la librairie Le Minotaure, rue des Beaux-Arts, rassemble tout ce qui compte d'adeptes d'outre ou d'autres mondes, si possible parallèles. On s'y rassemble. Tout comme on se rassemble en face de chez Fraysse, chez L'Originale, librairie tenue par Richard Anacréon, ou encore dans la petite librairie L'Atome de Valérie Schmidt, spécialisée dans la science-fiction. Bob, excellent chineur, subsiste en revendant ses découvertes. Ces endroits sont d'abord des lieux de vie, de retrouvailles. Après cette longue période d'étouffement, on respire, on se libère. Partout les revues, les écoles, les groupes littéraires poussent sous les néons des cafés. Les lettristes n'en sont pas les plus excentriques. Ni les pataphysiciens. Certains, comme les chercheurs de poux, souhaitent modifier la mentalité et les mœurs littéraires du moment. Yvan Audouard crée avec quelques comparses le sémaphorisme. Le mage Maurice Baskine invente la « fantasophie ».

Il y a, rue de Seine, l'Akadémia de Raymond Duncan, frère d'Isadora, qui vit habillé en pâtre grec. Il y a les adorateurs de l'œuf, de l'oignon, du nombril, le club des Égaux dont Paul Griffon, le créateur, « écrit ses discours politiques en vers et veut faire vivre l'humanité entre le 45e parallèle Nord et le 45e parallèle Sud[1] », il y a l'ange Cyclamen et son école de la tendresse. Rue Mazarine, au club du Hareng que fréquente Bob, c'est grillé et dans des bidets qu'on sert ce poisson, accompagné de pommes vapeur. On y décerne le prix du Hareng. Le lauréat reçoit chaque année jusqu'à la fin de sa vie une caisse de ce poisson. Pierre Derlon, qui

---

1. Guy Breton, *Les Nuits secrètes de Paris*, Éditions Noir et Blanc, 1963.

anime ce lieu avec Ange Bastiani, ouvrira plus tard, rue Mazarine, le premier restaurant gitan de Paris…

Bob circule, s'emplit les poumons de cet air saturé d'inventivité. Les temps sont difficiles mais, c'est vrai, on revit. Sa silhouette a changé. Récemment débarqué à Paris, cheveux ondulés et pull Jacquard, presque sage comme une image, celle immortalisée à la Libération par son ami Izis, celle du jeune sportif d'avant-guerre, coureur de fond qui ne fumait ni ne buvait. Presque. À une différence près : quelque chose dans le regard qui en dit long. Un sourire triste. 1944-1946. Il n'a pas fallu deux ans avant que ses cheveux s'ébouriffent comme poil de chat contrarié, antennes d'une tête chercheuse qui préfère aux chemins balisés les marges où il écrit ses propres didascalies. Il devine, exégète du fantastique social cher à Mac Orlan, émule de Fantômas, sous le plan Taride officiel, le schéma d'une réalité obscure et magique. Sous le lit des rues, rivières asséchées, coule le vin, l'âme du vin, l'âme de la ville, son sang, sa vie. Il cherche la toison d'or dans les marges, aux portes de la ville, royaume de la zone qu'il explore avec son copain Mérindol et d'autres chineurs comme le journaliste Ralph Messac et Jean-Paul Clébert ou encore Anatole

Jakovsky, autre personnage haut en couleur de cette époque (il sera immortalisé par Léo Malet dans « Les rats de Montsouris », un des *Nouveaux mystères de Paris*), spécialiste d'Allais et de ce fait ami de François Caradec, ayant lui-même ses habitudes chez un antiquaire de la rue Coëtlogon qui a toujours rideau à demi fermé et où se retrouvent autour d'un litron l'éditeur Éric Losfeld, Alphonse Boudard, André Vers, André Hardellet…

Et partout, jonchant le trottoir, des étoiles déchues, noires, tombées du ciel. Comme disait Jean Follain, « tous ceux qui aiment vraiment Paris trouvent un jour une étoile ». Il n'y a qu'à se pencher pour les ramasser. Ces étoiles s'appellent Maurice Duval, André Gellynck, Maxime, Pierre Dessau, l'Archiduc, archiviste à la retraite, moustache de mousquetaire, gueule altière. « L'Archiduc, écrit Bob, fait le relevé géographique des bars à filles ouverts la nuit[1]. » Armand Fèvre, dit aussi le Dernier Bonapartiste, est représenté dans un groupe composé du mage Raymond Duncan, du peintre Camille Bryen, de Paul Boubal, le patron du Flore, de Vian, Gréco, Prévert, Genet, Sartre (en

---

1. Robert Giraud, *Le Vin des rues, op. cit.*

petit marin !)... Cette toile d'inspiration naïve, l'une des œuvres les plus emblématiques de ces années Saint-Germain, un canular, est l'œuvre de Georges Patrix qui l'avait attribuée à son concierge.

Certaines de ces étoiles sont retournées à leur nuit éternelle, d'autres brillent encore, tel Gabriel Pomerand, dit l'Archange de Saint-Germain-des-Prés : « Vingt-quatre ans, un mètre soixante-huit, cheveux hirsutes, yeux noirs, poids 50 kilos ; il fut successivement parasite, prisonnier, étudiant, résistant, écrivain, gigolo, puis époux[1]. »

Saint-Germain est une mosaïque. On se regroupe par affinités, par clans, par générations. Chaque bistrot est une enclave. On balise les territoires. Bob préfère les bougnats comme le père Constant, rue de Seine, qui sert un excellent cahors. Il s'amarre aussi à d'autres embarcadères comme Le Chais de l'Abbaye, Le Sauvignon près duquel se trouve depuis les années trente la boulangerie du célèbre Pierre-Léon Poilâne, fondateur de l'association des Sacs à vin. François Caradec se souvient que le « père Poilâne, qui habitait derrière Le Sauvignon, apportait son pain. C'est comme

---

1. Boris Vian, *Manuel de Saint-Germain-des-Prés*, Chêne, 1974.

ça qu'il a été connu, uniquement parce que c'était un poivrot, qu'il était cossard et qu'il n'a jamais voulu faire installer un four électrique. Il fabriquait son pain comme il l'avait toujours fait, dans un four à bois. Il l'apportait au Sauvignon et on le bouffait avec du pâté et le pinard était bon. Tout de suite après la guerre il y avait du mauvais pain et de la mauvaise farine et là on pouvait manger du bon pain. Le père Poilâne s'est fait connaître parce qu'il y avait des tas de copains qui passaient là, beaucoup de journalistes, des peintres aussi. Il s'était constitué une collection de miches, comme il disait. Des tas de peintres de Montparnasse venaient, lui peignaient une toile en échange d'un an de pain gratuit. Il doit y avoir une collection d'une trentaine de tableaux[1] ». Il y a aussi Le Caméléon, La Tartine, La Palette, point d'ancrage de son camarade l'explorateur Robert Vergnes. Pour sa compagne, l'écrivain et médecin Claude Maillard, « le comptoir était le lieu de rassemblement où les aventuriers racontaient leurs faits et gestes ». Vergnes explore les tombes, là-bas, au Costa Rica. Bob explore la nuit, ici, à Paris. On les imagine autour du zinc se racontant leurs voyages…

1. Entretien avec l'auteur. Toutes les citations sans référence sont des entretiens.

Il y a les habitués du Flore et de Lipp, mais aussi de La Rhumerie, ceux du Montana, ceux encore de chez Moineau, de l'Old Navy, de la Pergola. Ceux de L'Ode au Père Quillet, du Courrier de Lyon, du Bar Vert et de L'échaudé. Et puis il y a des figures, des excentriques de toutes sortes : Ferdinand Lop et Mouna, la comtesse Popo et Henri Monier qui, près de chez Fraysse, dans le minuscule square Gabriel-Pierné, remet au sculpteur Raphaël Diligent, dit Rapha, une épée fabriquée en tubes d'aspirine pour se moquer des académiciens voisins qui reçoivent en grande pompe le président de Rhône-Poulenc, mécène rénovateur de la Coupole… Bob et Jacques Yonnet, qui pratiquent le canular comme d'autres la religion, créent le prix Dieu.

Époque irrationnelle. On consulte les cartomanciennes. Alain Jessua, jeune cinéaste, se souvient qu'en compagnie de Bob, dans un de ces bars à putes qu'il affectionnait, « il y avait une vieille, ce genre de créatures que l'on ne voit pratiquement plus de nos jours, qui était couverte de photos de François Mitterrand, et elle nous avait dit : "Vous verrez, un jour cet homme sera président de la République" ». Et puis il y a la boutique de Romi.

Chez Romi

Romi, antiquaire et galeriste voisin de chez Fraysse, est la vitrine de la bizarrerie ambiante. Journaliste, collectionneur, homme de radio et de télévision, chroniqueur, historien, auteur de nombreux livres parmi lesquels *Maisons closes*, *Technique du suicide*, *Mythologie du sein*, faux peintre naïf, instigateur de canulars, Robert Miquel, alias Romi, est un pilier de Saint-Germain-des-Prés. Doisneau, qui y a rencontré Bob en 1947, a rendu sa boutique célèbre dans le monde entier. À peine plus grande que le boîtier d'un appareil photo, elle sera à l'origine de quelques-uns de ses clichés les plus fameux comme le bien nommé « Vitrine de Romi » (ou encore « Le regard oblique ») où, de l'intérieur, Bob et ses copains s'amusent à observer la bouille des passants étonnés, outragés, scandalisés, intéressés, saisis par un tableau exposé dans la vitrine et qui inévitablement attire l'œil. Peint à la manière de Félicien Rops, il représente une femme nue, de dos, qui ne cache rien de son appétissant et rond postérieur. Une quantité invraisemblable de personnages se retrouvent chez Romi : Maurice Baquet, les artistes César et Mathieu, Pierre et Jacques Prévert, Guy Breton, Jean-Paul Clébert, Michel Laclos, qui s'occupe avec Roger Cornaille de la librairie Le Minotaure et qui lancera avec Romi la revue *Bizarre* dans laquelle Bob publiera un texte consacré à « Raymond Isidore, le bâtisseur de rêves ». Isidore, dit Picassiette, est un émule du Facteur Cheval qui vit avec son épouse dans une maison entièrement recouverte de carreaux de faïence cassés. Dans cette assemblée, il y a aussi Pierre Dumayet : « J'étais tout le temps fourré chez Romi parce que c'était très amusant. Et puis c'était quand même le seul magasin que je connaisse où l'on ne vendait jamais rien ! Je ne sais pas comment il gagnait sa vie. On était toujours sûr de rencontrer quelqu'un chez lui avec qui on pouvait bavarder. On allait aussi chez Fraysse, pas tellement en bande parce que c'était tout petit. On y allait quand on avait soif, en gros. Ce qui arrivait quand même assez souvent. » Original, séduisant, cultivé, Romi est aussi un personnage controversé, considéré par certains comme assez prétentieux et un peu filou sur les bords. Il a relancé la mode de la Belle Époque dans son propre cabaret, Le Saint-Yves, où l'on peut venir écouter des épiciers ou garçons de café mélomanes du quartier reprendre les scies des chanteurs à la mode cinquante ans plus tôt. Un des clous du spectacle est la prestation d'un certain Armand Fèvre. « Fils d'un colonel de cavalerie de Tarbes, il estimait que l'histoire de la France s'arrêtait après Napoléon. Il vivotait, habitant une petite chambre rue Bonaparte (bien sûr), était habillé en demi-solde avec des bottes souples qui lui arrivaient un peu en dessous du genou, un chapeau kronstadt, une sorte de redingote. Il portait des rouflaquettes, le reste du visage était glabre et il était assez pâle de teint », se souvient Jacques Delarue.

À cette époque, Pierre Mérindol vient souvent bavarder chez Romi où travaille son copain Bob. Mérindol, futur grand reporter au *Progrès de Lyon*, s'occupe en face, dans la galerie de Pierre Loeb, le grand spécialiste de l'art abstrait. Mérindol, entre deux piges, pendant l'écriture de son unique roman,

Fausse route, s'occupe du lieu quand son patron voyage pour affaires. Romi, lui, ne voyage pas, mais, ses multiples activités ne lui permettant pas de toujours s'occuper de sa boutique, c'est Bob qui s'en charge. Encore l'un des multiples jobs qu'il effectuera en ses années déficitaires. Un jour, les deux copains, ainsi que Romi, Doisneau et l'inspecteur Jacques Delarue, décident de se moquer un peu d'Armand Fèvre. En effet, Mérindol vient d'écrire un article dans lequel il le traite de déshydraté. « Ah, c'est pas bien ce qu'il a fait là, Mérindol. Déshydraté ! Comme ces vieux légumes… Vous n'êtes pas déshydraté, Armand », lui lance la bande de chez Romi. Celui-ci exige des excuses que Mérindol ne veut pas présenter, tant et si bien qu'il le provoque en duel. Puisqu'il est l'offensé, il choisit le sabre d'abordage. « Quelques jours plus tard, se souvient Jacques Delarue, les témoins de Fèvre arrivent et nous disent : "Je ne sais pas si votre jeune ami se rend bien compte, il s'est engagé dans une aventure qui pourrait être dangereuse car M. Armand Fèvre est extrêmement fort au sabre." Alors on a commencé à être un peu inquiet. On a essayé d'arranger un peu les choses. Armand, la nuit qui a précédé le duel, qui a eu lieu – Doisneau suivait tout ça avec attention, nous n'avions rien dit à personne pour qu'il ait l'exclusivité —, est allé se reposer sur un des deux lions devant l'Académie française. » Le duel se déroulera dans la forêt de Sénart, Doisneau en fit une fameuse série de photos et le *Time* évoquera l'affaire.

« Je tue le temps »

Bob, quoique fidèle aux copains, aime aussi charrier sa viande en matou solitaire, de son pas lent, « du pas du promeneur qui n'en finit pas d'arpenter les heures de l'insomnie », note Ragon dans ses souvenirs. Pierre Dumayet se souvient qu'« il était tout le temps en train de foutre le camp. Il restait le temps d'une conversation ou d'un bavardage. On avait l'impression que ce qui le poussait à partir ce n'était pas un rendez-vous, mais plutôt qu'il avait envie d'être dehors. Comme un chat ». Chat de gouttière, chat errant, le voilà tricotant la rue de ses pattes de velours, nez au vent : « Selon les quartiers qu'elle traverse, fleuve éteint d'un autre siècle, elle change de couleurs. La longue contemplation du ciel où elle se confine l'a transformée, semble-t-il, en une sorte de caméléon figé pour toujours. Les nuages qui passent et se succèdent ont laissé toutes leurs nuances sur son front. Il y a le bleu tendre de certains asphaltes, le noir étouffant des nuits d'orage, le rose crépuscule de certains pavés qui fleurissent par place en ogives et en rosaces pour cathédrales gothiques[1]. » La tentation est grande de tomber dans un certain idéalisme. A-t-il seulement existé ailleurs que dans ses lectures et ses rêves de gamin, ce Paris qu'il arpente inlassablement ? Et qui donc est-il, cet ectoplasme flottant léger entre quai des brumes et château des brouillards ? Tu pourrais considérer, lecteur, qu'il serait un fantôme errant, minuit sonné, au milieu de ceux que la société appelle la lie. Si cette ville merveilleuse n'a pas été le décor hallucinatoire d'une fantasmagorie romantique, d'une rêverie d'adolescent provincial. Ce Paris a été. Pour le décrire, le sentir, le humer, il faut savoir attendre le moment. Être patient. À heure fixe, on peut alors assister à la lente transformation des âmes et à leur transvasement d'un corps à l'autre. Le temps que durent les histoires à dormir

---

1. Robert Doisneau, Robert Giraud et Michel Ragon, *Les Parisiens tels qu'ils sont, op. cit.*

debout – pour la révélation, la pause s'impose –, celui que met le vin à s'écouler du sablier.

Après la guerre, encore jeune poète, il rencontre son aîné Georges-Emmanuel Clancier qui le publie dans la revue *Centres*. Celui-ci est frappé par la façon de parler de ce garçon, « comme s'il disait toujours des choses un peu surprenantes, comme quelqu'un qui est aux aguets d'autre chose. De l'insolite, peut-être. La fascination des bistrots, des cabarets, de la foule nocturne parisienne, des paumés et des gars qui ne sont pas insérés sur des rails a développé quelque chose qui était peut-être en germe chez lui, dans sa prime jeunesse, dès Limoges. Son envie était plus grande que ce qu'il pouvait trouver dans ce milieu de son adolescence. Je le vois comme un autre Rastignac, complètement différent. Ce n'est pas de l'arrivisme, mais c'est *À nous deux Paris* tout de même, pas celui de la réussite habituelle, déclarée, mais celui de l'envers ». L'envers du miroir. De l'autre côté, c'est le pays des « hors-la-loi ». Limousin de Paris, attentif à l'étrangeté de la ville, il la parcourt comme un voyageur étranger.

Paris, à l'instar des Hébreux cherchant leur Terre promise, est pour Bob la terre promise, celle du livre, ou plutôt des livres, des lectures de jeunesse. Gamin déjà il tisse son Odyssée en lisant les récits de ses auteurs fétiches. Un gosse rêveur devant son livre d'images. Paris est une sorte de retour sur soi. Qui fréquente-t-il ici sinon les bougnats du Limousin et d'Auvergne ? Qui se hâte-t-il de retrouver sinon ses anciens compagnons de cellule, ou du moins leurs semblables, les droit-commun ? Sa jeunesse n'est pas celle d'un Parisien. Aucun ancrage affectif ni sentimental, seulement esthétique. Il découvre Paris alors qu'il est un homme fait, trop tôt mûri par l'expérience de la guerre. Paris l'adopte, c'est un giron, il l'arpente comme un jeune et perpétuel amoureux qui ne se lasse pas d'admirer sa jolie maîtresse : « La rue de Paris est une femme, pas toujours coquette, ni bien mise, mais qui se reconnaît à son parfum[1]. » Son grand livre, *Le Vin des rues*, se termine sur une réminiscence, comme un retour inéluctable aux années de jeunesse. Bob retrouve Bernard, un ancien compagnon de captivité, sous la lumière froide d'un stand de tir, à la Bastille. Un fantôme, ce Bernard, une sorte de revenant : « Côte à côte, sans un mot, nous

---

1. Robert Doisneau, Robert Giraud et Michel Ragon, *Les Parisiens tels qu'ils sont, op. cit.*

regardions loin de l'autre bord de la place, plus loin encore tout au fond des souvenirs, vieille pellicule pour ciné-club à notre usage exclusif. Il y avait des années lointaines que la prison nous avait connus et l'un et l'autre, lui, tueur patenté, et moi, quelque chose aussi. Sur le même bat-flanc nous avions dormi le même sommeil anéantissant, fumé les maigres mégots amers et mouillés comme l'était notre espérance. Nous étions là, Bernard avait récupéré sa carabine et recommençait à tirer les fleurs.

« Qu'est-ce que tu fais maintenant ?

« Tu vois, je tue le temps[1]... »

Mais ce temps perdu ne se tue pas. Il se survit à lui-même et flotte au-dessus de nos têtes comme un regret éternel, tenace comme une mauvaise ombre. Inaugurale, cette scène finale nous plonge un peu en arrière, à Limoges. Elle nous ramène à la case prison. C'est à ça qu'il pense, Bob, en marchant seul dans les rues ténébreuses de la grande ville. De l'obscurité du cachot à celle de la nuit parisienne, tel est son cheminement. Son secret. La différence, c'est que maintenant il est libre. C'est tout ce qui compte pour lui désormais.

---

1. Robert Giraud, *Le Vin des rues, op. cit.*

La guerre à vingt ans

La guerre, il la traverse jusqu'à ce jour de juin 1944 où il se retrouve en prison. Sans la libération de Limoges par les troupes de Georges Guingouin le 21 août 1944, Bob Giraud, vingt-trois ans, aurait fini dans un camp de concentration, ou simplement abattu dans les geôles de la milice. D'innombrables autres n'en sont pas revenus. Pas une partie de plaisir, mais pas une raison non plus pour arborer sa médaille de la Résistance. Pas son genre, à Bob. Et pas franchement non plus porté sur les commémorations ni la soldatesque. Les seules recrues qu'il consent à fréquenter sont de la classe depuis belle lurette, les anciens Bat' d'Af' (les bataillons d'Afrique), « légion étrangère en haillons », fortes têtes des bataillons disciplinaires qu'on a rendus à la vie civile comme on jetterait des ordures sur le trottoir, ils se finissent au rouge à la Maube ou à la Mouffe. Pour Bob, la guerre commence par les chantiers de jeunesse du Maréchal-nous-voilà. Dans ce pays occupé, plus de service militaire, mais le retour à la terre, cette terre qui, paraît-il, ne ment pas. Bob est affecté dans une ferme du côté de Clermont. Muletier-palefrenier, au bout de treize jours il en a marre, rejoint la Résistance. Dix-huit mois où distribuer un tract suffit à se faire fusiller sur place. Bob participe à la guerre d'usure, de sabotage. Des petits riens, mais rien de tel pour gripper la machine. Et puis, à partir de 1943, il participe à la création d'une imprimerie clandestine ; enfin, maquisard, les armes à la main, il harcèle les divisions allemandes qui, remontant vers le nord, massacrent la population de Tulle et d'Oradour-sur-Glane. C'est lors d'une de ces opérations de harcèlement qu'il est capturé et envoyé à la prison du Petit-Séminaire, à Limoges. En un an et demi, Bob aura refusé de suivre un seul ordre : faire sauter un bordel, à Limoges, certainement tenu par un souteneur collaborationniste. Mais pas question de faire exploser le moindre bobinard quand les copines sont à l'intérieur. Je me demande s'il ne s'agit pas là de son plus beau fait d'armes.

En juin 1944, il est arrêté par un milicien, ancien camarade de lycée. Un curieux personnage. Gracié à la Libération, cet amateur de poésie sera une plume d'extrême droite notoire et membre d'une loge maçonnique… Au Petit-Séminaire, qui était réputé pour son extrême brutalité, Bob passe à la question, comme tous ses compagnons de misère parmi lesquels André Schwarz-Bart, futur prix Goncourt. Cinquante ans après, devant son ami le journaliste Jean-Pierre Morlon, Bob se souviendra de Schwarz-Bart, gamin de quatorze ans que ses tortionnaires nazis projettent nu sur le sol du cachot et à qui ses copains d'infortune donnent des claques pour le ranimer. Bob le couvrira d'un manteau que sa mère a réussi à faire passer. « J'étais un enfant, se remémorera André Schwarz-Bart plus de soixante ans après. Et même Robert était un adulte par rapport à moi. Je me souviens de lui. Tous avaient une attitude gentiment protectrice à mon égard. Et lui aussi. Je me souviens très bien de ce manteau qu'il avait posé sur moi. Je crois que c'était au retour d'un interrogatoire. Ce n'étaient pas des plaisantins. Et comme j'avais été arrêté comme Juif et communiste, ils n'avaient pas énormément d'égards pour ma petite personne. »

Le lendemain de la libération de Limoges, les portes de sa geôle s'ouvrent, les miliciens ont levé le camp, mais les prisonniers l'ignorent et, terrifiés, n'osent bouger de peur des représailles. « Nous sommes restés là une journée, prostrés et inquiets ; enfin nous sommes sortis en courant, sales, déguenillés, pleins de poux et de morpions[1]. » Ces quelques mois de prison, dans la plénitude de sa jeunesse, le hanteront toute sa vie. Mais cette expérience déterminera aussi la suite de son existence car ici il côtoiera pour la première fois, grandeur nature, les mauvais garçons – comme ce fameux Bernard qu'il retrouve à la Bastille, dans *Le Vin des rues* –, ceux qu'il n'a connus jusqu'à présent que par ses lectures. Ici, où les politiques voisinent avec les droit-commun, Bob trouvera l'occasion de parfaire son éducation en apprenant les rudiments des us et coutumes de la rue : l'argot, le tatouage, les combines… Arrivé à Paris, il essaiera « de retrouver cette atmosphère de prison dans certains bistrots, comme les bistrots à clochards de la rue Saint-Séverin[2] ».

---

1. Jean-Pierre Morlon, *Le Populaire du Centre*, 28 décembre 1992.

2. Patrick Cazals, *Robert Giraud, le maître d'argot, op. cit.*

La métamorphose

Fraîchement libéré de prison, il arrête ses études de droit. L'ancien Bob Giraud est mort, il n'a pas survécu au traumatisme de l'emprisonnement. Pour le nouveau, d'emblée, une nouvelle vie commence en dehors du « droit » chemin. Gaston Hyllaire, grand manitou de la Résistance dans le Limousin, lance l'hebdomadaire *Unir*, organe des jeunes du Mouvement de libération nationale (MLN). En 1943, les trois grands mouvements de résistance − Combat, Libération et Franc-Tireur − fusionnent dans les Mouvements unis de la Résistance (MUR) qui, en 1944, seront regroupés avec certains mouvements de la zone nord dans le MLN. La rédaction d'*Unir* est confiée à ce jeune combattant FTP de vingt-trois ans qui a déjà une petite réputation de poète mais qui manque totalement d'expérience dans le journalisme. Son enthousiasme compense cela. Le premier numéro d'*Unir* sort des presses le 9 septembre 1944. Bob y rédige notamment des chroniques littéraires, essentiellement consacrées à la poésie. En octobre, il rend compte de la première exposition d'Izis. À cette époque, le photographe est inconnu du grand public. Il faut attendre 1949, date à laquelle il rejoint l'équipe de *Paris-Match*, puis la parution coup sur coup de *Grand bal du printemps* (1951) et de *Charmes de Londres* (1952) avec Jacques Prévert pour qu'il soit reconnu comme l'un des plus grands photographes de ce siècle. Réfugié dans le Limousin pendant la guerre, Izis réalise en 1944 une série de portraits de maquisards grâce à laquelle on le remarque. Bob lui consacrera un papier élogieux dans *Unir*, le 10 octobre 1944, probablement le premier article publié sur Izis. Bob en rédigera d'autres. Les deux hommes travailleront ensemble lorsque *Unir*, fin 1945, s'installera à Paris. Dans le numéro de Noël 1944, l'hebdomadaire présente ses vœux aux lecteurs qui découvrent la caricature de son jeune responsable, accompagnée de cette présentation : « Le visage anguleux du rédacteur en chef Robert Giraud. Front soucieux, nez pincé, on devine tout de suite l'homme qui porte de lourdes responsabilités. Il est bien… Certains trouveront qu'il ressemble davantage à Voltaire. Nous n'avons jamais pu savoir s'il s'agissait d'un compliment ou d'une rosserie. Il s'en soucie d'ailleurs fort peu, son naturel de poète ne lui permettant pas de s'attarder à ces détails. Voudra-t-il cependant abandonner sa muse un instant ? » Sa muse, c'est Janine Lamarche, une jeune poétesse qu'il épouse en octobre 1945. En novembre, il annonce par courrier à son ami Michel Ragon que la rédaction d'*Unir* s'installe dans un appartement réquisitionné, au numéro 10 de la rue des Pyramides, l'ancienne adresse du Parti populaire français, le parti fasciste de Doriot. L'équipe du journal loge quant à elle de l'autre côté de la Seine, dans un hôtel de la rue de Lille. Bob et Ragon ne se connaissent alors que par correspondance croisée. Giraud publie des poèmes de Ragon. Bob a déjà effectué des séjours dans la capitale, le premier certainement en avril 1945, car le même mois, dans *Unir*, il consacre son premier reportage à cette ville dont il rêve depuis l'adolescence et qu'il décrit avec des yeux émerveillés. Dans son billet intitulé « Clignancourt, la cité de la brocante », il évoque « la zone avec ses photographes éraillés qui retiennent le passant, avec ses cris, ses terrains de boules, ses camelots qui chantent, accompagnés de l'accordéon, et aussi ses petits bistrots où l'on boit le vin blanc en mangeant un sandwich ». Une véritable déclaration d'amour.

Mais, quelques mois après cette installation parisienne, les lendemains déchantent. Comme la myriade de petites publications issues de la Résistance, *Unir* ne durera que le temps de la liesse libératrice. Pour couronner le tout, après un an et demi de conjungo, Bob et Janine se séparent. En plein dans l'euphorie de l'après-guerre, ce jeune couple renvoie une image de liberté, de non-conformisme, de fraîcheur. Mais la jeune fille provinciale s'est épanouie, aguerrie, est devenue moins sage. Bob n'est plus le seul homme de sa vie. Il est déçu. « Dépossédé de sa carte de journaliste, abandonné par ses compagnons retournés au pays, le chômage le conduisit à la dérive. Traînant la nuit dans les rues où les bars restaient ouverts, mais ne consommant rien, faute de quoi se payer un verre[1]. » En réalité, si peu que ce soit, Bob

---

1. Michel Ragon, *D'une berge à l'autre*, Albin Michel, 1997.

consomme. Il semble improbable que dans les tapis-francs de la Maubert il n'ait pas eu de quoi se payer ne serait-ce qu'un verre de picrate, ce fameux « vin rouge des vignes de l'Hérault et de l'Algérie » qu'évoque le poète Jean Follain dans ses chroniques parisiennes. Il boit d'abord parce qu'il a faim. Il se nourrit de vin. Manger, une préoccupation de chaque instant. En ces années d'après-guerre, il se cale les gencives avec du vent. Les légumes qu'il rapporte des Halles ou le pain rassis que donne le boulanger du coin ne suffisent pas. Il entre dans un bouchon et se rince les dents avec le rouge qui réchauffe le ventre, resserre les liens et libère la parole, déverrouille, décadenasse. Des clochards qui fréquentent les abreuvoirs des rues Xavier-Privas ou Lagrange, il constate qu'ils « aiment se retrouver pour entretenir d'interminables discussions et boire des litres de vin rouge ». Il connaît toutes les appellations, contrôlées ou non, du pinard : le gros, le tutu, le jaja, le rouquin, mais aussi le chocolat de déménageur ou le mazout qu'on verse dans des verres à bière, les cheminées. Le litre plein s'appelle le kil, le pieu, le légionnaire. La légende veut qu'il ait été un ivrogne professionnel. On ne prête qu'aux riches. « On dit que je bois beaucoup, c'est faux, je bois tout le temps », expliquait-il. Nuance. Son verre l'accompagne jusqu'au bout de la nuit. Et, telle Schéhérazade qui prolonge sa vie grâce à son talent de conteuse, Bob, conteur du comptoir, étire le temps grâce à son savoir faire boire les potes. « Tu vois, la dame qui est là, fait-il remarquer un jour à son ami Robert Sabatier – c'était une concierge du quartier qui venait tous les soirs prendre son vin blanc –, elle connaît la vie. Regarde : elle boit un demi-centimètre de son verre, elle le repose et au bout d'un moment elle recommence. Eh bien, cette dame, c'est une œuvre d'art. » Un de ses copains m'a expliqué, qu'il me pardonne mais j'ai oublié son nom, qu'il avait la technique pour boire, « comme quelqu'un qui n'aime pas boire ». La formule, paradoxale, me plaît. Boire pour boire ne l'intéresse pas. Boire pour oublier non plus. Bien au contraire. C'est pour observer qu'il boit et qu'il fait durer. Et pour partager. La justification du verre sur le comptoir est presque religieuse : « Il y a cette communion du vin rouge pour les gars de la nuit[1]. » Ceci est mon sang. S'il aime chauffer le four, graisser les roues ou s'humecter les amygdales, ce n'est pas une fin, mais un moyen, ce qui

____

1. *Écrivain magazine, op. cit.*

compte d'abord, c'est où il biberonne et avec qui : le bistrot, son atmosphère, cette particulière camaraderie qui croît sous le soleil de néon. Plus tard, le succès – relatif – aidant, la réclame le sollicite : « Le bon vin du Postillon n'est pas et ne veut pas être *Le Vin des rues*. Il n'est pas interdit aux amis clochards de notre immortel confrère Robert Giraud, mais reste quand même le vin de l'élite et des fins gourmets. »

Une image de marque. Avec le temps, il abandonnera « le vin de l'élite » pour le beaujolais, puis il passera progressivement, en adepte des vins de soif, aux breuvages de la Loire, plus légers.

Boire et fumer, ce qu'en termes d'argot on nomme la gobette et la fumette, sont les deux mamelles de la cloche. Quand Bob quitte le bistre pour aller boire ailleurs s'il y est, à sa place il ne reste qu'un tas de cendre. « Fume, tu ne sais pas qui te fumera », avait-il coutume de dire. Pour fumer, alors qu'on est sans un sou, le mieux ce sont les cousues. On récupère les mégots. On les vide de leur tabac. On en fait des tas, des mélanges. Il y a des amateurs. Il y a même une bourse aux mégots. Fumer pour passer le temps, boire pour le retenir, dans cette vie chahutée il flotte mais ne sombre pas. Homme aux semelles de vent,

Bob erre, la trompe renifleuse et le poil hérissé. Cet initié, tel Mercure, parcourt solitaire la cité qui, reconnaissante, lui dévoile ses mystères, lui qui à chaque coin de rue voit ce qui est invisible au profane. Les pavés brillent comme des écailles sous la lune, les bistrots sont des phares. La nuit est un miroir qu'il traverse sans sextant pour aller au hasard, vagabond des rues, vers les très vieux quartiers. Il suit le mouvement giratoire des heures et des minutes qui l'aiguillonnent jusqu'à l'aube où, harassé, la barbe bleue, la bouche en carton, la démarche légèrement chaloupée accuse un tangage imperceptible. Entre deux vins, il tire des bords, mouille son encre. Le temps d'une escale. La nuit revient immuable comme une marée, avec tous les jours un matin au bout pour faire le compte. Le compte de contes. Les contes au compteur et le vin au comptoir. Les contes des vins bus, tant mêlés, vains, amers et joyeux, ceux qu'il récolte en ouvrant bien esgourdes et châsses. Il suffit de capter les gestes et les paroles qui fusent avant de s'évaporer, de partir en fumée. Ses nuits de Paris sont prétextes à herboriser, comme Jean-Jacques, avec méthode. Il cueille des spécimens peu communs d'espèces en voie de disparition.

Trente-six métiers

Il enchaîne toutes sortes de turbins, de la bricole, des combines, pas toujours très honnêtes, mais quand on est sur le carreau, il y a urgence. Voleur de chats, par exemple : « C'était peu de temps après l'Occupe, la fourrure et le charbon étaient rares, ce qui avait donné naissance à une nouvelle industrie, l'exploitation de la peau de chat. Le pelage de ce bestiau, chargé paraît-il d'électricité, possède le pouvoir, avec celui de tenir chaud pour un prix relativement modique, de guérir des rhumatismes[1]. » Et puis d'autres jobs : commis en maçonnerie dans une entreprise de démolition, ou manutentionnaire aux Halles : « Les cageots de pêches, c'est pas que ça soit tellement lourd au début. On

---

1. Robert Giraud, *Le Vin des rues, op. cit.*

les prend, on les porte, on les entasse[1]. »
Pauvre bougre parmi les pauvres bougres,
Bob embauche au Café de la Poste, à l'angle
de la rue des Lavandières-Sainte-Opportune,
«le bureau de placement de tout ce que la
capitale compte de paumés, de crevards, de
sans-boulot, de tricards, de repris de justice,
de libérés de taule[2] ». Grâce aux Halles, les
miséreux trouvent toujours de quoi casser
la graine. Souvent, Bob en rapporte un sac
rempli de légumes pas toujours très frais
mais, pour la soupe, ça fait la rue Michel.
Aux Halles il connaît tout le monde et tous
les lieux, tous les recoins, comme le Café
Curieux sur le plateau Beaubourg près de
chez Fallet et Hardellet. Alcide Levert, le
patron du Café Curieux, est un collectionneur. «Aucun antiquaire, aucun marché aux
puces, aucune vente publique qui n'ait aperçu
la silhouette large d'Alcide, l'amateur d'objets
d'arts[3]. » Le lieu ressemble davantage à une
boutique d'antiquités qu'à un bistrot des
Halles ; pourtant, souligne Bob, évolue dans
cet univers une «clientèle uniquement composée de crocheteurs, de forts, de porteurs, de

____

1. Robert Giraud, *Le Vin des rues, op. cit.*
2. *Ibid.*
3. *Franc-Tireur*, 1956.

débardeurs, de marchands de quatre-saisons, de tireurs de diables » qui « boit son beaujolais à vingt-cinq francs dans des verres en Baccarat ou en Venise ». Et Alcide de préciser : « Et jamais il n'y a de casse ici, et personne n'emporte les emballages. » Le Café Curieux ouvrait de deux heures du matin jusqu'en fin d'après-midi. Car il était connu pour louer des diables aux innombrables porteurs qui s'activaient toute la nuit aux Halles. Ancien champion de poids et haltères, Alcide, « le roi du diable », comme l'appelle Bob, a été aussi hercule de foire et marin. Fellini tournera dans son bistrot une des scènes de son film *Les Clowns* avec le spécialiste du genre, Tristan Rémy, et un vieux clown du nom de Spinelli, devenu clochard, que l'on voit traîner avec ses semblables du côté de la place Maubert. Autre petit job : Dubuffet l'engage comme secrétaire. Il n'y a que Gaston Chaissac pour écrire dans son style inimitable : « Je verrais bien Robert Giraud à la campagne, secrétaire-lecteur de quelque gentleman farmer[1]. » Secrétaire, tu parles ! Quant au terme de gentleman (farmer ou non), il est d'après Bob bien mal choisi, les

____

1. Gaston Chaissac, *Hippobosque au bocage*, Gallimard, 1951.

rapports entre Dubuffet et Giraud seront peu cordiaux. Son rôle, d'après Michel Ragon, se bornera à être factotum ou « secrétaire du secrétaire », en l'occurrence de Michel Tapié qui soutient d'ailleurs Pierre, le frère peintre de Bob.

Ce dernier s'occupe aussi comme on l'a vu de la boutique de l'antiquaire Romi. Son copain Pierre Mérindol, l'homme du duel avec Armand Fèvre, travaille de l'autre côté de la rue. « Avec Bob, nous avions au moins deux choses en commun : les heures que nous passions chez Fraysse, un café-tabac équidistant des deux galeries, et notre envie de nous lancer dans la brocante. Ce qui ne nous empêchait pas de fréquenter avec une belle assiduité, au cœur de la nuit, les bistrots des Halles… Mais notre hantise était de monter une affaire, une superbe affaire. Pour aller aux puces de la porte Dorée ou de la porte des Lilas, avec notre charrette, nous passions devant le Tabou et pas très loin des Deux-Magots. Nous tirions notre charrette le plus lentement possible, comme si nous voulions nous imprégner de tout ce qui se passait dans les rues que nous empruntions. Les amitiés d'alors voulaient dire beaucoup. Bob et moi avions déjà eu l'occasion de nous croiser dans les péripéties de la Résistance, entre Vercors et Limousin[1]. » Broco, c'est pas le dessus du panier, mais c'est quand même un cran au-dessus de biffin, les ancêtres du recyclage et du développement durable. Des écolos avant l'heure, je charrie pas. Les types récupéraient absolument tout. Généralement ils s'entendaient avec les concierges. Ils passaient tôt le matin, avant les éboueurs, vidaient les poubelles sur une immense toile à même le couloir de la maison ou sur le trottoir, triaient ce qui avait une valeur, même minime et, une fois leur affaire terminée, remettaient tout dans la poubelle et la sortait, ce qui arrangeait bien la bignole. Les plus riches se trimballaient avec une voiture d'enfant dans laquelle ils entassaient leurs trouvailles qu'ils allaient ensuite revendre aux chiffonniers. Pour l'heure, avec Mérindol, il traîne leur voiture à bras sur le pavé, de marché en marché, de fournisseur en revendeur.

---

1. Nicole et Alain Lacombe, *Fréhel*, Belfond, 1990.

Retour dans la presse

C'est le journaliste et écrivain communiste Tristan Rémy, que lui présente Michel Ragon, qui remettra Bob sur la voie du journalisme. À partir de 1950, celui-ci recommence à écrire dans la presse, en tandem avec Doisneau avec qui il livre des reportages clés en main, manière alors peu courante de fonctionner. Ce duo devient parfois trio avec l'adjonction de Pierre Mérindol, ce dernier écrivant, Bob fournissant les sujets et la documentation. C'est Mérindol, je pense, plus aguerri et sans doute moins flemmard, qui l'introduira à *Franc-Tireur*. Leur équipée fonctionnera jusqu'en 1954, année où Mérindol rejoint Lyon et la rédaction du *Progrès*. Grand reporter, il y deviendra le spécialiste du milieu lyonnais. Pendant les années cinquante, Bob collaborera à *Paris*

Presse, *Franc-Tireur*, *Détective* et d'innombrables titres ; impossible de les citer tous, d'autant que pour certains il s'agit de collaborations uniques, mais sa signature revient dans *La Revue des tabacs*, *Tout savoir*, *Montmartre Panorama*, *Cuisines et vins de France…* Plus tard il collaborera à *L'Auvergnat de Paris*. Ce retour dans la presse lui permet évidemment d'améliorer l'ordinaire du foyer, puisqu'il est maintenant jeune papa. Il ne traitera que de sujets en marge : clochards, tatoués, gitans, petits métiers de la rue, prostitution, bistrots, sans oublier la cohorte des excentriques de tout poil. Son premier coup d'éclat, il le réalise avec Doisneau, dans *Paris Presse*, avec la publication d'un reportage au long cours, « Les étoiles noires de Paris », onze articles consacrés à des personnages insolites qui peuplent le Paris de cette époque et que Bob croise pour certains dans ses périples journaliers et là où il boit son vin quotidien.

Giraud est le sésame de Doisneau, il lui ouvre tous les milieux traditionnellement fermés, les mêmes que vingt ans auparavant le photographe Brassaï explora − et finalement pour les mêmes raisons : parce qu'il y a là une opportunité. « On a fait les Halles ensemble pendant un an entier, tous les soirs. On rentrait à 11 heures du matin[1] », se souviendra Bob. Les Halles la nuit, les clochards dans les galetas, les rôdeurs de clair de lune qui pratiquent le coup du père François dès qu'un Monsieur William en goguette sort du cercle lumineux du lampadaire (quand il y en a), bref, les mystères de Paris, ce n'était pas de la littérature, mais la « réalité vraie ». Un peu comme si aujourd'hui un journaliste allait se baguenauder du côté des quartiers « sensibles », dans les banlieues « difficiles », aux alentours de l'heure du crime. À son camarade Doisneau, et son appareil qui transforme le présent en éternité, il dévoile le négatif de la cité. Bob, au fond, est une sorte de biffin, mémorialiste de la ville basse, récupérateur d'histoires pleines de trous. Il se fait l'intermédiaire de ceux qui passent sans laisser de trace, qui n'ont que leur peau pour tout manuscrit. De fait, ces sujets en marge, personne ne veut les couvrir, à part quelques têtes brûlées comme Georges Dudognon, lui aussi fameux compagnon des dérives. Pour l'heure, avec Doisneau, il travaille concomitamment pour la presse et l'édition. 1950 est une grande année. Outre la publication des « Étoiles noires de Paris »,

---

1. Patrick Cazals, *Robert Giraud, le maître d'argot, op. cit.*

les deux copains préparent un livre sur les tatoués en compagnie d'un troisième larron, Jacques Delarue, un habitué de la rue de Seine qu'on a déjà eu l'occasion de croiser. Il a lui aussi goûté aux geôles pétainistes pour actes de résistance et a connu Bob à Limoges à la Libération. Nommé à Paris en 1945 inspecteur de police chargé de liquider les séquelles de l'Occupation, il retrouvera Bob l'année suivante, par hasard, en passant un jour devant la boutique de chez Romi. Delarue, bien placé question archives judiciaires, s'intéresse aux recherches du Pr Lacassagne, criminologue du début du siècle qui le premier s'est penché sérieusement sur les hommes bouzillés (c'est ainsi qu'en argot on désigne les tatoués), généralement des anciens militaires passés par les bagnes de l'armée, en Afrique du Nord. « Un beau jour, se souvient Jacques Delarue, on parlait comme ça d'un tas de trucs curieux et c'est Bob qui a eu l'idée. Il me dit : "Et si on faisait un bouquin sur les tatouages ? Tu es bien placé, toi…" »

Les tatoués

La documentation de Bob sur le tatouage
est la plus complète qui soit. Dans ses années
de dèche, il a déjà amassé des témoignages
de première main dans les estancos mal
famés. Son premier article sur les tatoués,
« L'homme qui voulait vendre sa peau »,
paraît dans *Les Lettres françaises* en 1947.
C'est l'un des rares papiers de Bob datant de
cette époque. Il y relate l'histoire de Polo qui
a passé sa vie aux Bat' d'Af'. « "Regarde",
qu'il m'a dit en ôtant sa veste. Au-dessus de
son maillot de corps échancré, sur la poitrine
et sur les bras, son épiderme était constellé
de tatouages. "Tiens, c'est ici les Bat' d'Af'",
me dit-il en désignant l'écusson des régi-
ments d'Afrique, entouré d'un laurier savam-
ment tressé. "Tu vois, lui, c'est à mon arrivée
là-bas. Marqué pour la vie. Les autres c'est

après." Il y en avait partout. Les palmiers, les danseuses, les têtes de femmes voisinaient avec des inscriptions, des noms, des motifs décoratifs. Chaque tatouage avait son histoire. "Des coups de cafard, des souvenirs. Dans le bled on ne sait pas quoi faire alors on passe le temps." Alors vous pensez bien que le Polo je ne l'ai pas lâché. Il m'a tout raconté. De quoi écrire un bouquin… Vous ne devinerez jamais ce qu'il m'a dit en partant : "Ça t'intéresse, les tatouages ? Si ça peut te faire plaisir, je te vends ma peau, les bras, la poitrine, ou alors mon dos qui est vierge… Je fais faire ce qu'il te plaît. Assieds-toi on va peut-être s'entendre…" » Cela dépasse le médiocre *Tatoué* que Grangier tournera vingt ans plus tard avec Gabin. Ses histoires, Bob les raconte au comptoir sans compter, devant ses potes. Jean-Paul Clébert, dans *Paris insolite*, n'aura plus qu'à ouvrir les guillemets lorsqu'il lui racontera sa dernière trouvaille, « en l'occurrence une bourse aux tatouages découverte dans un bistrot anodin du quartier des cuirs [*sic*] où il était entré par hasard, je veux dire pour boire un beaujolais. C'est le seul endroit de Paris, me disait-il, et je veux bien le croire, où l'on fasse commerce de peaux humaines tatouées[1] ». Chez Lautard (qu'il nomme Lothaire dans *Carrefour Buci*), un rade de la rue de Buci où l'on trouve ceux de la cloche, il fait la connaissance d'Edmond Faucher, fantôme tout droit sorti d'un reportage d'Albert Londres daté de 1924 : « Faucher Edmond était plutôt un vieux tableau qu'un vieux cheval. Quand il me fut présenté, il ne dit pas son nom mais ceci : l'homme le plus tatoué du monde[2]... » Quand Bob le rencontre, Faucher se fait maintenant appeler Richardo et gagne sa vie en exhibant son corps entièrement recouvert de tatouages. Il parie que personne ne peut placer une pièce sur une partie vierge de son anatomie. « Quand il était en forme, écrit Bob, et que le public mordait bien, Richardo proposait, contre un peu de monnaie sup-plémentaire, de se dévoiler complètement. Il entraînait les élus dans un coin désert, baissait son slibard et dénudait ce qu'il avait jusque-là pris grand soin de dissimu-ler[3]. » Faucher, précise Londres, a écopé de quatorze condamnations. Quand il fait sa

---

1. Jean-Paul Clébert, *Paris insolite*, Denoël, 1952.

2. Albert Londres, *Dante n'avait rien vu*, Le Serpent à plumes, 1999.

3. Robert Giraud, *Carrefour Buci*, Le Dilettante, 1987.

connaissance, il purge vingt ans. Imaginons l'état d'esprit de ces hommes quand ils reviennent à la vie civile… Ils forment la grande armée des cloches des Halles, de la Mouffe ou de la Maube. Chez la mère Guignard, un haut lieu clochardesque, il emmène Doisneau afin de dénicher quelques spécimens dont les photos orneront le livre qu'ils préparent avec Delarue : « On arrivait chez la mère Guignard et on disait : "Est-ce qu'il y a des gens tatoués ici ?" Après on allait à un hôtel en face où ils se lavaient un peu pour que les tatouages apparaissent ! Chez la mère Guignard, on servait le vin dans des demis. Ce n'était pas du très très bon vin. Et alors j'ai vu faire ce geste, et ça Giraud pourra te le dire, c'est que le gars qui ramassait avec l'éponge le vin qui traînait sur le comptoir, pressait l'éponge dans un entonnoir et ça remplissait une bouteille. C'était le circuit court[1] ! » Leur butin récolté, Jacques Delarue, Bob et Robert Doisneau publient *Les Tatouages du milieu* aux éditions de La Roulotte/Les Portes de France en 1950[2]. L'éditeur, Jean Cuttat, qui possède une librairie

____

1. *Robert Doisneau, le braconnier de l'éphémère, op. cit.*

2. L'ouvrage a été réédité en 1999 par L'Oiseau de Minerve.

rue Bonaparte, profite de l'occasion pour réaliser « une vitrine extraordinaire au centre de laquelle trônait une paire de jambes de mannequin masculin sur laquelle on avait reproduit les tatouages de Richardo. Une photo de ces jambes par Doisneau faisait la couverture du livre. Tout Saint-Germain-des-Prés défila rue Bonaparte », explique Jacques Delarue dans la préface de la réédition. « Robert Giraud vient de publier le premier volume issu de cette montagne de documents qu'il glane dans ses pérégrinations nocturnes… Il n'a pas fallu moins de six années pour mener à bien semblable besogne… La pègre avait en Carco ou Cendrars ses romanciers et ses poètes, elle a désormais son histoire, son analyste attentif et passionné », écrit quant à lui Jack Michel François, alias Michel Laclos, dans la revue *Les Lettres du monde*. Bob devient donc, grâce à la publication des « Étoiles noires de Paris » dans la presse et de cet ouvrage sur les tatoués, le spécialiste des « gens bizarres » (titre d'une série d'articles qu'il fait paraître avec Doisneau dans *Franc-Tireur* en 1956). Gabriel Pomerand, l'Archange de Saint-Germain-des-Prés, souhaite lui parler d'un projet qu'il a en tête. Pomerand s'intéresse aux tatoués et prévoit de tourner un documentaire sur le sujet.

Les Tatouages, *La Symbolique des tatouages*, *La Peau du milieu*, *Les Tatoués du bout du monde* seront les titres successifs de ce court métrage qui permettra à Bob de voir venir en touchant la somme de 10 000 francs (de l'époque) pour son rôle de conseiller technique. C'est lui, j'imagine, qui recrute les tatoués qui figurent dans ce film projeté une seule fois en public, en 1953. Depuis, mystère… Il en existerait une copie quelque part, mais où ?

Vogue, où Edmonde Charles-Roux tient la rubrique « La vie à Paris », annonce la parution des *Tatouages du milieu*. Le tableau est choucard : Bob et Jacques Delarue, clopes et verres à portée de main, posant devant deux tatoués alors que dans les pages voisines s'étalent de superbes filles parées des plus luxueux atours. Edmonde Charles-Roux connaît Bob grâce à Doisneau qui est alors sous contrat avec le magazine de mode, contrat qu'il rompra en 1951. La même année, en juin, *Vogue* sort un numéro spécial « Paris a deux mille ans » dans lequel le lecteur découvre une série de portraits consacrés aux petits métiers de Paris. On peut évidemment s'étonner qu'un tel sujet figure dans *Vogue*, sauf quand on connaît le nom du photographe qui en a eu l'idée : Irving Penn. Le maître de la photographie de mode souhaite rendre hommage à un grand aîné de la photo parisienne, Eugène Atget. Pour ce faire, Penn utilise la technique de la photo de studio et fait poser chacun des protagonistes sur un fond blanc, à l'instar d'un mannequin. « Le rapin de Montmartre et son large feutre noir, le cuisinier dans sa toque empesée, le petit pâtissier blanc de farine, le charbonnier encapuchonné et noirci », le rémouleur, le boucher, le télégraphiste, le garçon de café, et même, existentialisme oblige, l'intellectuel ! Tous les petits métiers parisiens sont présents, un accessoire emblématique indique leur profession. Le texte qui présente cette série est amusant : « Au cours d'un récent séjour, Irving Penn, qui, incontestablement, se classe parmi les plus grands maîtres de la photographie, renonçant à exploiter la traditionnelle beauté des sites de la capitale, a choisi pour modèles les artisans de Paris, tels qu'ils lui sont apparus au hasard de ses pérégrinations à travers la ville. » Sauf que c'est à Bob, qui s'est chargé de les recruter, qu'ils sont d'abord apparus. D'ailleurs on reste ici dans un univers giraldien puisque certains des portraits représentent des copains ou des connaissances, tous personnages récurrents de sa mythologie personnelle.

D'autres images

Au Café du Commerce, chacun a son idée sur le monde comme il devrait être. Pas Bob. Pas plus bête qu'un autre, pourtant. Mais Bob, les belles idées, les concepts, il a vu ce que ça a donné quand les hommes, sortis du Café du Commerce, justement, commençaient à les mettre en pratique. Il préfère les images, comme Rimbaud, « les peintures idiotes, dessus de portes, décors, toiles de saltimbanques, enseignes, enluminures populaires ; la littérature démodée, latin d'église, livres érotiques sans orthographe, romans de nos aïeules, contes de fées, petits livres de l'enfance, opéras vieux, refrains niais, rythmes naïfs[1] ». Je vois bien ce jeune homme mar-

---

1. Arthur Rimbaud, « Alchimie du verbe », *Une saison en enfer*, Corti, 1987.

chant, tels ces enfants sur le bord du trottoir, aux frontières du précipice, entre réalité et fantastique, à la recherche de la toison d'or, ou de l'or du temps, pérégrin en quête de peintures naïves, de dessins parfois tatoués à même la peau ou jaillissant, pure métaphore, du langage argotique. Images surgissant de la poésie des rues, images des peintres qu'il fréquente chez Fraysse. Images aussi des photographes : Doisneau, bien sûr, ou Izis qu'il connaît depuis la libération de Limoges, ou encore Georges Dudognon. Doisneau était l'aîné de Bob d'une dizaine d'années. Dudognon est son cadet de quatre mois. Même génération et peut-être même folie chez ce reporter aujourd'hui encore largement méconnu du public. Résistant de la première heure, envoyé en camp de concentration, il s'évade et continuera à mener l'action dans la presse clandestine. Journaliste à la Libération, photographe autodidacte, il est, dans ces années de renaissance de la presse, de toutes les aventures et surtout il est de ceux qui donneront une imagerie à Saint-Germain-des-Prés, ce qui restera sa grande période. « À la Libération, se souvient aujourd'hui Colette Save-Dudognon, son épouse, il entre dans la presse. Il avait envie de s'exprimer, il a fait de l'image, tout ça un peu par hasard. Il est rentré à *Samedi soir*. *Actuel* n'était rien à côté de *Samedi soir*, journal d'une insolence rare, irrévérencieux, dans lequel travaillaient Roger Vadim, Jacques Robert… À cette époque on croyait à une nouvelle société. Et un jour on a dit à Georges : "Il se passe des choses à Saint-Germain-des-Prés, allez voir." Il y est allé. Et il y est resté. Il ne se planquait pas. Il n'était pas comme les paparazzi. Il faut que les gens soient habitués à l'appareil, disait-il. Il travaillait d'instinct. Il cherchait la nature des gens. » D'où les images extraordinairement vivantes qu'il rapportera de Saint-Germain-des-Prés. Il photographie tout le monde, de Boris Vian à Juliette Gréco, de Bob Giraud (avec un singe sur ses genoux, dans l'antre de Romi) aux bastons de clochards, rue de Seine, en passant par les nuiteux qui viennent se poser au Bar Bac le temps d'un verre. Bien sûr, Dudo est aussi un habitué de chez Fraysse… C'est probablement là qu'il croise la route de Bob. Et, comme avec Doisneau, ce dernier fonctionne en tandem avec Dudognon. Leurs sujets ne couvrent pas les tatoués ou les personnages excentriques, mais les clochards et surtout les Gitans. Ils réaliseront plusieurs reportages (et prévoient même de publier un livre chez Dominique

Halévy, projet inabouti) sur les Kaldéras, tribu installée porte de Montreuil, dont le chef était l'écrivain Mattéo Maximoff. Ces articles donnent lieu à de véritables expéditions où ils restent en immersion plusieurs jours.

Une veine parisienne

Toutes ces expériences, ces rencontres, ces errances nocturnes, constituent les couches sédimentaires, la matière en ébullition de ses articles et futurs livres. Au comptoir du père Fraysse, Bob, pas avare, conte et raconte tant et plus ses histoires. On le lit comme un livre ouvert et, comme ici les oreilles n'ont pas de murs, mais sont dedans, on les lui emprunte sans intérêt. C'est Jean-Paul Clébert qui déclenchera l'ire du père Fraysse. Son *Paris insolite*, aujourd'hui encore l'objet d'un véritable culte, a un retentissement considérable lors de sa parution fin 1952. La critique loue ce récit de la nuit vagabonde. La palme revient au *Crapouillot* qui, sous la plume d'Henry Muller, qualifie son auteur de « Cendrars des fortifs ». La comparaison est osée, même s'il est exact que Cendrars

défend la cause de Clébert auprès de Guy
Tosi, alors directeur littéraire chez Denoël,
et lui permet d'éditer ce texte dédié, juste
retour des choses, à Doisneau et Giraud.
Paris insolite inaugure chez Denoël une suite
informelle composée de *Rue des maléfices* de
Jacques Yonnet, en 1954, et du *Vin des rues*,
de Bob, en 1955. Une trilogie exceptionnelle, mais pas une école. Les trois auteurs
se connaissent bien, ensemble ils bibe-
ronnent et arpentent les rues de Paris, mais
de là à former un courant littéraire… Parlons
plutôt d'une veine parisienne. Pourtant la
chronologie est menteuse. L'initiateur de ce
courant n'est pas Clébert, mais Bob. Pour
l'éditeur René Rougerie, son ami, il n'y a
pas de doute, *Paris insolite*, « ça aurait été à
Giraud de l'écrire, mais il était trop cossard
pour ça. Ce qui l'intéressait c'était le pittoresque des choses, mais un pittoresque ancré
dans les gens, pas un pittoresque de surface.
Je pense qu'il a été dévoré par ça et que
l'écriture est passée tout à fait au second
plan ». Plus brut, moins complaisant, plus
terrien aussi que *Paris insolite*, *Le Vin des
rues* n'entend pas séduire son lecteur. La
force de Clébert est d'avoir compris que
Paris était en pleine mutation, que la ville ne
resterait pas éternellement confite dans son

passé, que ce Paris populaire, miséreux et insalubre par endroits, allait inévitablement disparaître. L'urgence, c'était de témoigner avant liquidation, y compris aux Parisiens, ce que cette ville recelait de mystères. Qu'en pense Jean-Paul Clébert, plus de cinquante ans après ? « Il y a eu un malentendu entre nous : il devait toujours écrire un bouquin sur Paris, il entassait des notes et des manuscrits. Mais je l'ai battu de vitesse, sans méchanceté. J'ai rédigé mon *Paris insolite*, qui a été publié et qui a eu un petit succès, et Bob était furieux que je lui sois passé sous le nez. Je n'ai pas fait ça pour lui couper l'herbe sous le pied, mais c'était mon besoin d'écrire. Il était assez fainéant. Je l'engueulais souvent. Je lui disais : "Écoute, travaille, écris, écris", et il attendait toujours et moi je n'ai pas pu attendre et j'ai livré mon truc, alors il s'est fâché. On avait une réelle amitié et une entière connivence. On travaillait sur les mêmes sujets. On avait souvent les mêmes sources. »

Le vin des rues est tiré

Pour Albert Fraysse, la parution de *Paris insolite*, c'est la goutte de beaujo qui fait déborder le pot. Il s'adresse à Paulette, la compagne de Bob : « Bob est trop con. Au lieu de raconter ses histoires au bistrot, il ferait mieux de les écrire. Je suis prêt à lui donner l'argent qu'il faut à condition qu'il foute le camp, qu'il aille dans un coin où il ne connaît personne. Je n'ose pas lui en parler parce que, avec sa tête de lard, il va m'envoyer sur les roses. Vous, vous pourriez essayer[1]. » Paulette rapporte alors à l'intéressé ces propos qui, c'était couru, le mettent d'abord en colère. Et puis il finit par se raisonner, accepte l'offre de Fraysse avec qui il épluche le journal à la recherche d'une

____

1. *Écrivain magazine, op. cit.*

maison à louer, loin de Paris. Ce sera l'île de Bréhat où il retournera d'ailleurs plus tard pour écrire son premier roman, *La Route mauve*. C'est dans les embruns, soi-disant loin des tentations bistrotières de toutes sortes, qu'il compose le gros du *Vin des rues*. Il reviendra à Paris et avancera ensuite par petites touches. Il mettra deux ans à l'écrire, avec une longue interruption de six mois. Finalement, il y met la dernière main début 1955, grâce aux coups d'aiguillon de Fraysse, son mécène, et surtout de Doisneau.

Dans ses souvenirs, ce dernier explique que Jacques Prévert est le premier à lire le manuscrit, « sans ratures », précise-t-il, du *Vin des rues*. En réalité, la modestie de Doisneau dût-elle en souffrir, c'est bien lui qui le premier lit *Le Vin des rues* et suggère à Bob de le transmettre à Prévert. Celui-ci lui demande alors comment il compte appeler son bouquin. « Les Gars de la nuit », répond Bob. « Très mauvais. Tu appelleras ça "Le Vin des rues". Je vais te mettre en contact avec Bertelé, chez Gallimard. » Ce dernier, on s'en souvient, est l'éditeur de *Paroles*. Rendez-vous est donc fixé chez Tourette, un bougnat de la rue de Grenelle proche de La Fontaine des Quatre-Saisons, le cabaret de Pierre Prévert. «Giraud est arrivé avec trois quarts d'heure de retard, très soûl, très agressif. Bertelé avait préparé le contrat. Alors Giraud a fait le malin, puisqu'il a fait des études de droit avant d'être arrêté pendant la guerre, et il y avait un alinéa qui est celui de tous les contrats : "Tous les droits des adaptations cinématographiques sont à partager avec l'éditeur." Alors là Giraud s'est mis en colère, a brandi un guéridon et M. Bertelé me disait : "Mais votre ami est extrêmement violent !" Ce qui fait que le bouquin n'a pas été publié chez Gallimard ! Irrécupérable[1] ! »

Bob précisera plus tard que le contrat prévoyait un droit de suite de douze livres («Eh bien, finalement, tu as fini par les écrire», lui rétorquait Doisneau), mais c'est surtout le montant de l'à-valoir, trop faible, qui aurait été la cause du litige. Fraysse lui avait prêté 500 000 francs (de l'époque) pour se mettre au vert, il s'agissait donc pour Bob de les lui rembourser. D'autres éditeurs, comme Grasset, sont intéressés par *Le Vin des rues*, qui sera finalement publié en octobre 1955 chez Denoël grâce à l'intervention de Blaise

---

1. *Robert Doisneau, le braconnier de l'éphémère, op. cit.*

Cendrars, auteur vedette de la maison. Après Clébert, le généreux Cendrars tend donc aussi sa main amie à un autre jeune prometteur. Lorsque *Le Vin des rues* paraît, c'est Doisneau qui rédige le prière d'insérer, cette présentation qui permet aux journalistes de faire croire aux lecteurs qu'ils ont lu les livres dont ils parlent. Acolyte de Bob dans leurs traversées nocturnes, il connaît la bête mieux que personne : « Giraud vous raconte des histoires sur le ton d'une simple conversation, exactement comme si vous étiez avec lui au comptoir devant un bon beaujolais chez Fraysse ou chez Paulo qui verse l'Algérie dans des demis. […] Mais ne vous y trompez pas, continue-t-il, Giraud n'est pas un montreur de monstres. L'essentiel, le merveilleux de ce livre, c'est que des acteurs écorchés par la nuit jouent sur des motifs vieux comme le beau monde : l'amour, l'argent, l'honneur. Il y a là-dedans un monde fou qui rêve tout haut ; et savez-vous que tout cela est vrai ? Un personnage principal : le vin qui coule dans tous les figurants et surtout, sérum de vérité, qui délie les langues[1]. »

____

1. Ce texte figure *in extenso* dans la réédition du *Vin des rues* (Denoël, 1983).

Cette présentation de Doisneau devance la
bonne réception critique du *Vin des rues* qui
ne recevra pourtant qu'une seule distinction
littéraire, le prix Rabelais fondé par l'écrivain
lyonnais Marcel Grancher, ce qui permettra
à Bob de devenir membre de l'académie du
même nom et de décerner, année après
année, la coupe du meilleur pot aux bistrots
parisiens se distinguant par la qualité de leur
vin. Dans *Le Canard enchaîné* du 19 octobre
1955, René Fallet écrit : « Giraud, Méphisto
du Paris la nuit (Paris by night s'abstenir),
c'est, du premier coup (je m'avance mais je
ne pense pas me tromper), le Restif de notre
temps. Il en a la poésie, la curiosité, les
pudeurs. Oui, les pudeurs. Les gargouilles
qu'il nous montre – et il y en a, de la respectueuse unijambiste à l'Anglais et son chien
en passant par la corporation des voleurs de
chats – ont toutes la discrétion et le mystère
de la misère, ombres ballonnées de vin noir et
de rêves d'enfant. » Fallet, poète remarqué lui
aussi par Cendrars, est publié chez Denoël et
fraye dans les mêmes rades que Bob, notamment chez Fraysse. « René estimait, admirait
beaucoup Bob Giraud, se souvient Agathe
Fallet. Ils avaient dû avoir une période de
camaraderie dans les bistrots. Sans être un

intime, il avait beaucoup de plaisir à le rencontrer. » Cette pudeur que Fallet pointe du doigt et que bien peu finalement relèveront, Pierre Mac Orlan aussi la ressentira. Le peintre Henri Landier, qui fut un proche de l'auteur du *Quai des brumes* et fréquenta assidûment Bob à cette époque, se souvient de ce dernier comme de quelqu'un de très pudique et de secret : « Ça, Mac Orlan l'avait très bien compris. Il avait beaucoup de sympathie pour Giraud, en déplorant qu'il ne donne pas sa mesure. Il lui reconnaissait beaucoup de talent et un pouvoir poétique, mais lui reprochait son dilettantisme. En même temps il était fasciné par ces gens brillants qui peuvent faire un article, un livre en quelques minutes alors qu'il était plutôt un homme qui s'appliquait. Pour lui la littérature était d'abord un métier et ces gens qui étaient un peu des baladins, qu'on voyait peut-être plus souvent dans les bistrots que dans les antichambres des éditeurs, le fascinaient dans un certain sens. » Bien sûr Mac Orlan ne fait pas seulement allusion à Bob, mais aussi à Antoine Blondin et à Albert Vidalie. Chez Fraysse, cette annexe de l'académie, il n'est pas rare de retrouver ce trio en sa séance du dictionnaire. Bob admire Blondin. Cela semble réciproque : « J'ai de l'affection pour Bob parce qu'il a connu ma mère avant moi », disait drôlement Blondin au photographe Gaston Bergeret, rappelant que Bob, du temps qu'il était bouquiniste, vendait des livres à Germaine, la mère d'Antoine. Affection ou amitié ? « Je crois qu'ils avaient un peu peur l'un de l'autre », estime aujourd'hui le peintre Gilles Sacksick qui côtoie les deux hommes dans les années soixante, à la Taverne Henri IV, notamment. Le journaliste limougeaud Jean-Pierre Morlon tentera de réunir ces deux caractères dans une canularesque entreprise. Mais cette association des deux « fleurs de Naves » (Naves se situant dans le Limousin…), qui au départ devaient être trois avec Frédéric Dard, ne durera que ce que durent les parties de cartes arrosées et ponctuées de « surprenantes et caustiques altercations ». Alors que reste-t-il de leurs expéditions nocturnes sur la piste des comptoirs familiers où, entre deux verres de contacts, ils évoquaient en passionnés le Tour de France, la littérature, le vin et le temps perdu ? Un peu de nostalgie, peut-être. « Sans aller jusqu'à avancer que dans nostalgie, il y a "noce", il nous semble que le bistrot constitue un lieu privilégié pour l'évocation douce-amère des paradis perdus[1] », a écrit Blondin de sa belle écriture ronde et appliquée. Semblable d'ailleurs à celle de Bob.

____

1. Antoine Blondin, Roger Bastide, Jean Cormier, *Alcools de nuit*, Michel Lafon, 1988.

« De la poésie poétique ! »

Dans *Le Vin des rues*, il est question de survie, de démerde, d'urgence face à des situations extrêmes, d'un quotidien peu reluisant décrit après coup, à distance respectueuse, froidement, sans pathos. *Le Vin des rues*, c'est le grand poème que Bob dédie à la ville. Celui qui rassemble et conclut son œuvre poétique qui trouve là, finalement, son apogée. « C'est, estime aujourd'hui son ami l'éditeur René Rougerie, toute une œuvre en un seul volume, un livre étonnant, un très grand livre. Et ça, ça caractérise Robert. C'est une sorte d'explosion de la liberté, une vie qui peut paraître marginale, mais finalement il y a peut-être un lien entre ses positions dans la Résistance, la Libération et cette vie ensuite hors des contraintes. » Longtemps Bob n'aura écrit que des vers. En 1996, un an avant sa mort, l'écrivain Marc Villard lui demande ce qu'est pour lui la forme la plus haute de littérature. Il répond : « La poésie, parce que tout est poésie. Le moindre fait quotidien est un geste de poésie quand on sait le voir[1]. »

Il écrit des vers depuis son adolescence et publie sa première plaquette, *Confessions au jardin*, en 1943, à compte d'auteur. Il y exprime déjà son goût pour les bouges, pour la rue, pour la méditation solitaire. L'ancien sportif qui menait une vie saine évoque le vin rouge et le tabac. C'est la guerre, une cassure s'opère. L'année suivante est celle de la prison. À partir de cette expérience, paraît en 1946 *La Cage aux lions*, poèmes écrits dans les geôles de la milice. Mais 1944 est aussi une année fertile puisqu'il publie *La Légende du fils de la Lande* et surtout *Le Matelot du dimanche*, l'une des dernières publications des Cahiers de Rochefort, groupe, à défaut d'école, où se retrouve la fine fleur de la poésie de l'époque, dont Jean Rousselot, qui ne cessera de défendre le travail de Bob et qui lui présentera son ami Maurice Fombeure. À Paris, Bob assistera parfois aux mercredis des poètes qu'anime Fombeure à la brasserie Lipp. Appartiendra-t-il pour autant à une

---

1. *Écrivain magazine, op. cit.*

école, même celle du refus que représentent alors les poètes de Rochefort ? « Dans mon esprit, s'il pouvait en être proche, je ne le crois pourtant pas inféodé à l'école de Rochefort, dominée par Cadou. Le côté paysan de Giraud, ça serait paysan de Paris. C'est plutôt un homme de la ville », estime Georges-Emmanuel Clancier.

Son écriture poétique s'aiguise. Il prend de l'épaisseur, mûrit. Très actif, il dirige en 1945 *Couronnes de vent*, florilège de la jeune poésie rassemblant des poèmes de René Guy Cadou, Georges-Emmanuel Clancier, Maurice Fombeure, Michel Manoll, Gilbert Prouteau, Yves Salgues, Jean Rousselot, etc., le tout préfacé par Jean Bouhier. Ce dernier, membre des Cahiers de Rochefort, en demandant au jeune poète Michel Ragon de se mettre en relation avec Robert Giraud, sera à l'origine d'une solide amitié entre les deux hommes. Ils se côtoieront presque quotidiennement pendant dix ans, à partir de la Libération, avant que leurs destins ne les séparent. Dès 1946, Bob publie dans la revue *La Coquille*, à l'instar de Robert Sabatier qu'il fréquente au début des années cinquante. « Quand je suis revenu à Paris, se souvient Sabatier, j'étais dans la dèche, j'allais dans les cafés. Il y avait énormément de bistrots où se réunissaient les poètes. Ça paraît aujourd'hui invraisemblable, mais un bistrot comme Le Bonaparte, la moitié de la salle, un soir de la semaine, était occupée par des poètes qui récitaient leurs poèmes. On pouvait aller au Bonaparte et rester toute la soirée devant un seul verre. On ne vous demandait pas de recommander. » À la même période, il collabore à *Osmose*, autre revue de poésie qui tient ses assises dans les bistrots de Saint-Germain, par exemple au Saint-Claude, un café-tabac situé derrière la statue de Diderot, et qui a la particularité de rester ouvert tard la nuit. On y trouve au sommaire le nom de Michel Laclos : « Maurice Paul Comte, le fondateur d'*Osmose*, était un ami. Il buvait pas mal et avait eu l'idée de monter cette revue où il n'y avait au début que des copains comme Bob ou moi. Tout ça, conclut Laclos, c'étaient des relations de bistrot. » *Osmose* publie neuf numéros et, avant de se saborder, prévient ses lecteurs du lancement de « Passage à niveau », collection d'ouvrages dans laquelle sera publié *Interdit au cœur*, de Bob, recueil préfacé par André Salmon : « Robert Giraud ne nous assomme pas de messages. Sévère à son personnage multiplié de notre éther, il est trop occupé de la mesure, de cadences, de puissances réconciliées de l'ombre et de la lumière des mots. C'est un artiste. Je l'en remercie bien fort – c'est le louer –, moi, poète sur son dernier chemin, si peu penseur et pas du tout intellectuel. De la poésie poétique ! Et tu le dois savoir, lecteur accablé de messages, c'est la gratuité seule qui peut sauver le monde. »

Écrits de Paris

La poésie ne nourrit pas son homme ? Va savoir, avec Bob qui fait feu de tout bois, l'un dans l'autre, avec ces multiples jobs, c'est autant d'occasions d'arpenter les rues et d'y observer d'un regard singulier la vie des petites gens. Il évoquera pour la première fois cette vie diurne, grouillante, bruissante, abondante, qu'on ne trouve plus guère que dans les quartiers populaires de Paris, dans *Les Parisiens tels qu'ils sont*, en 1954, une ballade sentimentale, une géographie amoureuse. Robert Delpire, étudiant en médecine qui vient de se lancer dans le livre d'art photographique, croise parfois Robert Doisneau au Café-Tabac de l'Institut. Ce jour-là il lui propose de publier un ouvrage dans une nouvelle collection de livres de petit format qu'il destine au plus grand nombre. L'idée est bonne, mais, convient-il aujourd'hui, sa fabrication est trop onéreuse, et la collection Huit, c'est son nom, s'arrête. Elle préfigurait *Photo Poche*, une idée que Delpire expérimentera beaucoup plus tard, avec succès cette fois. Huit devait succéder à la collection Neuf, livres en plus grand format où a déjà paru *Permanence du cirque* en 1952, ouvrage collectif préfacé par Mac Orlan auquel ont notamment participé Ragon et Bob. Les deux compères se retrouvent donc avec Doisneau dans cette nouvelle aventure. Il s'agit pour Bob de son deuxième livre écrit en collaboration. Il rédige une moitié des textes, Michel Ragon l'autre, de courts chapitres thématiques dont les titres parlent d'eux-mêmes : « Les Parisiens tels qu'ils sont », « Dans la rue », « À la fête », « Au marché » et « Au bistrot ». Ce dernier chapitre servira de matrice à plusieurs textes que Bob publiera ultérieurement dans divers bouquins. Biffin des lettres, il sera un adepte du recyclage, surtout dans la presse où l'on ne compte plus ses papiers inspirés ou calqués les uns sur les autres (c'est à se demander quand a paru le premier, l'original, la mère de tous les articles ?) ! Il publiera en 1961 *Les Cris de Paris*, dans le même esprit que *Les Parisiens tels qu'ils sont*, c'est-à-dire s'attachant avec tendresse à décrire poétiquement le quotidien des Parisiens d'« en bas » – la marchande de poissons, le crieur de journaux, l'hercule forain, la vendeuse de billets de la Loterie nationale, le marchand de fromage de chèvre, le rémouleur, la dame du manège de chevaux de bois, le raccommodeur de faïence, le marchand d'herbes ou verdurier, le chiffonnier, la marchande de ballons, le vitrier, le marchand de marrons. Cet inventaire sonne aujourd'hui comme un doux poème mélancolique. Ce livre, publié à 150 exemplaires seulement, sera réalisé avec la complicité de son ami Lars Bo. Parmi les artistes hauts en couleur qui fréquentent chez Fraysse, on ne peut ignorer la carrure de ce colosse venu du froid, sorte de Viking au regard fraternel qui se familiarisera vite avec le pot de beaujolais.

Le peintre et graveur Lars Bo s'installe à Paris en 1949 et fréquente ses compatriotes danois, ceux de Cobra notamment, groupe en pleine effervescence qui disparaîtra deux ans plus tard. Lars est un ancien résistant, comme Bob, et, comme son compère limousin, ce septentrional deviendra un Parisien plus vrai que nature. Tous deux arpenteront en drilles les mêmes sentiers du maquis parisien, imaginant les mêmes blagues de potache, s'arrimant aux mêmes comptoirs, partageant, se souvient Ludmilla Balfour, une des filles de Lars, « un certain sens de l'humour ainsi que la picole, le monde des cafés. Ils étaient toujours à la recherche de bistrots. Bob avait cette allure marrante. Il était très gentil, doux et il avait toujours des blagues à raconter. Lars allait aux puces avec lui. Ils aimaient chiner tous les deux. Ils faisaient de grandes traversées de Paris. Un jour ils étaient arrivés à 5 heures du matin, ils avaient traversé le cimetière Montparnasse et ramassé des fleurs sur les tombes et mon père les avait offertes à ma mère… qui n'était pas très contente ! Mon père avait un grand amour de la fête ». Tous deux partagent la même passion pour la ville qu'ils décident de traduire dans *Les Cris de Paris*. « Robert Giraud et Lars Bo ici réunis : pour qui les connaît, l'idée était belle. Voici l'amitié et le talent les plus sûrs, les plus vrais, rassemblés sous la même couverture pour célébrer ce que l'un et l'autre ont de plus cher : un Paris très simple et familier, l'endroit du monde où ils se sentent le mieux chez eux, le Paris des rues où sont jetés ces "cris" que l'énorme rumeur moderne ne réussit pas encore à étouffer », écrira, prémonitoire, Dominique Halévy dans le prière d'insérer.

Les saintes de la nuit attendent
notre seigneur
pour des dimanches à venir[1]

Mais ces promenades diurnes sont aussi pour Bob l'envers d'un décor autrement fascinant. À quoi gamberge-t-il, seul, dans la rue des vins ? Peut-être pense-t-il à son éducation « laissée sans doute il y a des années, suspendue au portemanteau d'un claque de province[2] », à sa jeunesse, à ses virées à travers Limoges quand, déjà noctambule, il ouvrait en loucedé la fenêtre de sa chambre, au premier étage de la petite maison de la rue Croix-Verte. Accrochant une longue corde à la barre d'appui, il descendait tel un funambule ayant terminé son numéro. Sauf que pour lui le numéro commençait à ce moment. Arrivé à terre, il avançait sur du

---

1. Robert Giraud, *Interdit au cœur, op. cit.*
2. Robert Giraud, *Le Vin des rues, op. cit.*

velours, ouvrait le portail minutieusement, tournant millimètre par millimètre la poignée rouillée en évitant qu'elle grince. Une fois dehors, il suivait toujours le même chemin pour arriver rue Prépapaud. La rue des bordels. Depuis la loi Marthe Richard de 1946 qui instaure la fermeture des maisons closes, elle se nomme la rue Charles-Baudelaire (*Fleurs du mal* obligent...). Claude Chanteraud, l'un de ses compagnons de jeunesse, se souvient « de Robert Giraud me racontant qu'il était allé dans cette rue, qu'une des prostituées qui tenaient une maison s'était éprise de lui et que finalement il avait fait l'école buissonnière et s'était mis à vivre planqué là, chouchouté par cette fille qui en avait fait son amant de cœur ». S'agit-il de cette sous-maîtresse qualifiée par son ami d'enfance Marcel Laucournet de « particulièrement littéraire » et qui lui donnait des coups de main pour faire ses devoirs ? La liaison semble sérieuse. C'est du moins ce que Bob raconte à Georges-Emmanuel Clancier : « Il me semble qu'il m'avait dit qu'il y était resté plusieurs semaines. Le jour il potassait ses livres de droit et la nuit il faisait son service érotique ! » Bob, en lecteur de Mac Orlan, aime les bordels autant pour les filles que pour l'atmosphère. Il entraîne ses camarades à sa suite, juste pour le plaisir de discuter autour d'un verre. Pour l'ambiance. À Paris, bien plus tard, il sourit quand il y repense. À l'époque de ses escapades, ce n'était qu'un adolescent. Tout cela semble loin. Les années de guerre comptent double. Doublement longues à oublier. Pour l'heure, arpentant l'asphalte, il discute avec les gisquettes qui tapinent dans le secteur. Celles-ci apprécient sa belle gueule (Bob a toujours eu du succès auprès des femmes). Aux filles du tapin il dit des poèmes de Carco. Les Halles sont un terrain d'observation sans pareil. Dans *Le Vin des rues*, Bob évoque les filles qui turbinent sur leur morceau de trottoir, vers le Sébasto. Hommage, là encore, à ses lectures de jeunesse, à « Bubu de Montparnasse » notamment. Mais, pour lui, le Sébasto est surtout un « chemin de croix » qu'arpentent la Puce, la Marquise, Mado, ou encore Renée, dite Bébé. Bob depuis longtemps s'est découvert des sœurs en ces filles de charité qui pour quelques sous donnent un peu de bonheur à l'homme de passage. Comme elles, il arpente le bitume, mais pas pour les mêmes raisons. Parfois seul, parfois accompagné, comme ici avec René Rougerie : « Pendant nos nuits aux Halles on ne faisait rien de spécial sinon déambuler de café en café, de discuter avec une fille, un clochard. Un jour il s'est passé un truc étonnant dans un établissement de la rue Quincampoix. Il y avait eu une descente de police, donc il n'y avait pas de filles ou alors une ou deux, donc c'était très calme et la patronne nous a chanté des chansons de Fréhel et de Piaf. De temps en temps quelqu'un frappait au guichet et Bob tendait la serviette. » S'agit-il de l'établissement de Mauricette, fameuse sous-maîtresse amatrice de peinture qui exposait dans un salon réservé de son clandé ? En tout cas, il s'agit bien de la rue Quincampoix, où, écrit Bob, « chaque encoignure de porte est une chambre de passe[1] ». Le peintre Jean Guignebert, habitué de chez Fraysse, avait fondé chez Mauricette un club d'amateurs dans lequel se retrouvaient le peintre Toto Cheval, Bob, Georges Dudognon... « Tu sais, ma petite, sois tranquille, avait dit Mauricette pour rassurer l'épouse d'un de ces gaillards qui fréquentaient le lieu, quand ils sont là, il n'y a que la peinture qui compte, d'ailleurs les filles n'ont pas le droit de les embêter. » Parmi les œuvres qu'expose Mauricette, il y a les toiles d'un certain Maurice Belpaume, qui

---

1. Robert Giraud, *Le Vin des rues, op. cit.*

tint un bordel à Nantes jusqu'au moment où la loi Marthe Richard l'obligea à fermer. Belpaume, qui aime à peindre des scènes de genre, plie bagage et s'installe à Paris, dans le quartier des Halles, où subsistent encore de nombreux clandés, pour se consacrer exclusivement à son art : « Derrière les volets clos de son salon, il passait des journées à peindre, un œil sur sa palette et l'autre sur ses pensionnaires qui lui servaient de modèles. C'est dire que son œuvre, plus proche de Rouault et de Soutine que de Toulouse-Lautrec, reflète l'intimité de ces maisons dont l'histoire appartient à la légende... La curiosité mise à part, il faut insister sur le fait que la peinture de Maurice Belpaume est de la vraie peinture et que certaines toiles, par leur rythme, l'originalité de leur composition et le goût de leur gamme colorée, sont dignes des meilleurs expressionnistes », écrira le critique Jean-Paul Crespelle dans *France-soir*, en décembre 1959. La même année, au café de La Marine, à l'angle de la rue et du quai des Grands-Augustins, une femme éplorée raconte ses malheurs à la patronne : son mari est mort depuis quelques mois et repose provisoirement dans un caveau qu'on lui a prêté. Elle n'a pas d'argent pour lui payer une tombe. Le mari, c'est Maurice

Belpaume. Sa vie et son œuvre ne pouvaient laisser insensible Bob et son ami Pierre Chaumeil qui décident d'organiser une exposition (avec l'aide du galeriste Raymond Gibert de Cardonne) dans ce même café de La Marine. Cet accrochage aura un certain retentissement, en témoignent l'article de Crespelle et la qualité des acheteurs au rang desquels on compte l'acteur Michel Simon ainsi que la fameuse Mauricette...

Bob était chez lui dans les bordels. Montait-il ? Rue Saint-Denis, avec ses copains − Fallet, Boudard... −, il fréquente un tabac où il retrouve des turbineuses en tout bien tout honneur. « Les hommes étaient très fiers de fréquenter les putes. Ils avaient des copines putes (ça les posait). Ils ne montaient pas avec, ce n'étaient pas des caves », sourit aujourd'hui Agathe Fallet. Dans ses histoires, des histoires d'hommes, entre les putains et les ménagères, n'y a-t-il pas de place pour d'autres femmes ?

Agathe Fallet se souvient de ces ambiances d'hommes, dans les bistrots : « Quand il y avait des femmes, c'étaient des folles ! Elles résistaient. Il ne fallait pas avoir l'air de les juger, les hommes, quand on était une femme avec eux. Il fallait faire partie du groupe. » Il fallait le tempérament d'une

Monique Morelli (qui avait débuté il est vrai comme dompteuse chez les Fratellini!) ou d'une Youki Desnos, des caractères bien trempés, pour se mélanger sans se dissoudre dans cette compagnie de mâles qui se représentaient les femmes d'une manière bien conventionnelle. Question d'époque ?

Des Auvergnats de Paris

Un jour de 1954, traînant avec Mérindol à la Mouffe dans l'un des soixante-sept bistrots que comptait ce très ancien sentier tortueux, Bob fait la connaissance de Pierre Chaumeil. Ils deviennent inséparables. « J'étais avec deux copains, se souvient Chaumeil, et au moment où nous partions, on venait de payer, Bob Giraud est entré avec deux compagnons aussi. Je crois qu'il y avait Mérindol. Bon, on est partis puisqu'on partait. On fait quelques autres bistrots et rentre Bob Giraud avec ses compères, les mêmes. Au troisième établissement, même histoire. Alors on commande et ils rentrent presque en même temps que nous. Je dis : "Dites donc, messieurs, vous nous suivez ! Vous êtes de la police ou vous espérez qu'on va vous payer à boire ?" Alors ils se marrent tous et ils nous disent : "Non, mais on va vous payer à boire parce qu'on voit que vous aimez bien ça." La plus grande partie de la soirée s'est ensuite déroulée dans un bistrot fréquenté par des clochards. » Quand Bob rencontre Chaumeil, il vient de publier *Les Parisiens tels qu'ils sont* et met la dernière main au *Vin des rues*. Il pige dans *Paris Presse*. Chaumeil, lui, est étudiant à Sciences-Po, « chef de la section royaliste ». Que peuvent donc partager l'ancien résistant et le jeune militant d'Action française ? Une même passion pour les tavernes obscures et les personnages qui les fréquentent : « Ces endroits, c'était l'envers de Paris, se souvient Chaumeil. Un jour, c'était à La Belle Étoile, un clochard me dit : "Tu payes un verre ?" Je lui réponds non ! – je réponds toujours non. Le patron lui lance : "Va travailler et tu paieras ton verre." Ce qu'il fait. Après je lui en ai payé un. C'était un type qui avait été au bagne parce qu'il avait tué son copain qui l'avait estropié. Quand il est sorti de l'hôpital, il a tué le gars et il a été condamné à quinze ans de bagne. Après, qu'est-ce que vous vouliez qu'il fasse ? » Au milieu des années cinquante, la Mouffe est identique au quartier que Brassaï découvre, appareil photo en bandoulière, vingt ans auparavant : « Dans les années trente, Paris avait encore quelque douze mille clochards. Leurs principaux fiefs étaient la rue Saint-Séverin, la rue de la Huchette et de la Harpe, la rue Mouffetard, la montagne Sainte-Geneviève, la place Maubert. Quelques bistrots-hôtels, même, comme Le Petit Bacchus, rue de la Harpe, La Belle Étoile, rue Xavier-Privas, accueillaient vagabonds, chômeurs en détresse, chiffonniers d'occasion, tous les traîne-misère[1]. »

En 1956, Chaumeil fait ses débuts à *L'Auvergnat de Paris* en tant que correcteur. Il en deviendra rédacteur en chef un peu plus tard. C'est l'époque où les Auvergnats tiennent la limonade comme une place forte. Du bougnat du coin aux Deux-Magots, les Auverpins sont les rois du zinc. L'hebdomadaire tire jusqu'à 250 000 exemplaires. Chaumeil y fait entrer Jacques Yonnet, qui y tient une rubrique consacrée aux bistrots. Franc buveur et coureur de lieux insolites, plume somptueuse, Yonnet reste l'auteur de l'incomparable et unique *Rue des maléfices*. Pour Chaumeil, « Yonnet était merveilleux parce qu'il inventait tout, mais il l'inventait bien. Il inventait des histoires pharamineuses sur les bistrots dont il parlait, et qui eux

---

1. Brassaï, *Le Paris secret des années trente*, Gallimard, 1976.

existaient bien ». Chaumeil fera en sorte que, à sa mort, en 1974, Bob prenne sa suite. Ce dont il s'acquittera pendant plus de quinze ans, à partir de 1975. Méprisant les rades sans âme, Bob s'attachera dans ses papiers à pointer ceux qui perpétuent la tradition du bien boire. Fidèle aux zincs de sa jeunesse, il encourage aussi la génération montante. Nul autre que ce bistroriographe n'aurait d'ailleurs pu tenir cette chronique hebdomadaire. Depuis 1945, il connaissait tous les abreuvoirs de la ville. Et des pas toujours très clairs, comme ces clandés qui depuis 1946 avaient remplacé les bordels. C'était pareil. Seule l'appellation avait changé. Pierre Chaumeil s'en souvient bien : « On allait beaucoup dans les bistrots où les putes tapinaient. On y vendait à boire et il y avait des chambres. Je me rappelle qu'un soir de réveillon, on arrive à 7 heures dans un de ces bistrots et la patronne nous dit : "Ah ! je suis contente de vous voir, on va arroser ça." La bouteille de champagne pète, on boit difficilement : ni Bob ni moi n'appréciions beaucoup le champagne, on préférait le rouge. Alors, elle nous dit, la Mauricette : "Vous ne connaissez pas mes deux nouvelles ?" Les deux filles viennent vers nous et la patronne leur donne une coupe de champagne à chacune. "Alors, on n'est pas mignonnes ? Vous ne voulez pas passer une petite demi-heure avec moi ?" Enfin tout ce que vous pouvez imaginer. Une des filles était à côté de moi et je lui passe le doigt, comme ça, sur la glotte. C'était un homme. »

Comme un pays sans frontières

Les relais nocturnes ne manquent pas à Saint-Germain où l'on parle jusqu'à plus soif. Au ras de la chaussée, les bistrots ouverts la nuit forment une constellation de lumignons suspendus à un fil rouge ; celui, hasardeux, que suit l'ivresse publique poursuivie par la répression. Belle allégorie pour peintres du dimanche. Au-dessus des tavernes, les façades sont des falaises et, pagés, les figurants du jour qui sifflent en travaillant, ronflent en dormant. À moins qu'un figurant de la nuit ne les réveille. Car à Saint-Germain, même dans les marges, aux habituels biffins qui fouillent dans les poubelles s'ajoute la jeunesse exitialiste, extantialiste, enfin bon, ceux qui vivent dans les caves, au Tabou ou ailleurs, les troglodytes, quoi. « Enfin, c'est que des mômes, justifie le père

Fraysse. Ils s'amusent. Nos vingt ans n'ont pas été drôles. Faut bien en profiter. » Bob rigole. Les vingt ans du père Fraysse, tu parles. Et les miens. Mais il préfère les oublier. Les clochards, célestes ou non, les noctambules par vocation ou par jeu, voire par jeunesse, ceux qui attendent la gloire ou simplement un verre, les artistes et ceux qui se regardent loin derrière la glace du comptoir, les gobeurs de lune et de ragots, tous posent un temps leur besace au pied du bistrot ouvert la nuit, là où les couleurs changent de ton et prennent celui de la confidence. L'escale dure un certain temps, un instant ou un moment, une durée, quoi, c'est marre. Les aiguilles, deux couteaux, partagent le cadran rond comme une tarte. Comme dans un salon de thé. Comparaison n'est pas raison.

Dehors, un type hirsute, de sa voix de sentier dépavé, crache dans le ciel des paroles sans musique. C'est le Baron William. Une figure du quartier. Il cuve souvent allongé près du mur de la grande masse des Beaux-Arts, rue Jacques-Callot, et gagne sa vie en tendant la manche. Manchard, une spécialité dans le monde des gueux. N'est pas manchard qui veut. Il y faut du bagout et le Baron n'en manque pas qui boit sa recette dans les bistrots du coin. Parfois Bob l'invite chez Fraysse où il lui arrive même de payer sa tournée puis de retourner illico sur son bout de trottoir, boulevard Saint-Germain ou ailleurs. Ce jour-là, où plutôt cette nuit, le Baron l'a mauvaise. Messieurs ses confrères n'ont pas voulu l'élire roi de la cloche. Il manque trop de sérieux, paraît-il. Ils lui ont préféré cette vache d'Amiral. Sur la rive en face le Café-Tabac de l'Institut, mordu par la clarté du réverbère qu'on dirait planté là pour ses mirettes, et aussi un peu pour trouer de lumière le bout de trottoir, on l'aperçoit, le Baron, affalé dans sa voiture d'enfant tiré par son comparse, Milo, au milieu de la chaussée vide d'automobiles. À chaque tour de roue, un petit grincement strident rythme sa litanie. «J'habite à Saint-Germain-des-Prés, qu'il gueule, et chaque soir j'ai rendez-vous – et il rote – avec Verlaine» et il pète. Soudain, l'œil brouillé, inspiré comme un mystique, il se redresse à moitié de dedans sa berline, son litre à une main et l'autre sur le cœur, théâtral :

« Sont-ce donc ton remords,
Ô rêvasseur qu'invite
L'horreur, ou ton regret, ou ta pensée
[– hein ?
Tous ces spectres qu'un vertige irrésistible
[agite… »

Le vacarme justement réveille un spectre – « Tu vas la fermer, oui ? j'turbine, moi ! » – qui accompagne d'un ample geste sa récrimination : au bout du bras le pot, le contenu obéissant à l'inflexible loi de la pesanteur, celle-ci fait le reste. Le Baron William, trempé comme une soupe, maugrée : « Y en a qui travaillent… Et moi donc, grommelle le piteux Baron pisseux, et moi donc, béotien ! et moi z'aussi Môssieu j'habite à Saint-Germain-des-Prés. » Cela dit, il décarre tant bien que mal de sa voiturette. S'affale à nouveau, se cramponne au bord comme s'il sortait d'une baignoire (accessoire, est-il utile de le préciser, dont il ignore les causes et la justification), finit par poser pied à terre, comme marin d'eau douce sur le ponton, et pénètre d'un pas décidé, mais pas rectilignc, chez Fraysse. « Regardez-les tous ces voyous ! » Ce à quoi le patron lui ordonne de baisser d'un ton. « Regardez-les tous ces fauchés », il reprend. Bob sourit, mais ne se moque. Il sait ce que c'est que la dèche. Paris n'a pas été une fête pour tout le monde. Il connaît bien le Baron, un brave gars au demeurant. D'ailleurs, il les connaît tous : l'Amiral, roi des clochards, « intellectuel de haute classe », Coco, dix-sept ans de bataillons d'Afrique, abruti par le gros rouge, Robespierre qui exécute des tours de passe-passe aux carrefours, Bébert qui « récupère aux Halles les caisses vides, il les casse et en fait des fagots qu'il vend aux ménagères ». Bob sillonne la Maube et la Mouffe avec ses copains. Jacques Delarue se souvient d'un clodo en train de lire Virgile dans le texte, un ancien prof de latin qui, après une série de malheurs personnels, avait lâché la rampe.

On compte alors dix mille clochards dans Paris, ville où en outre sévissent de forts foyers d'insalubrité. Les pauvres habitent des taudis, dans la capitale. Les plus pauvres encore se construisent des baraques de fortune sur les quais. Le phénomène de paupérisation et de désocialisation est tel qu'un sociologue, Alexandre Vexliard, consacrera l'essentiel de ses études à ces clochards, quant à l'abbé Pierre, son appel en faveur des mal-logés est entré dans l'histoire.

Il y a les clochards, mais il y a aussi les clochardes. Robert Bober, bien plus tard, guidé par Robert Giraud, consacrera un documentaire sur « ces marginales des clochards qui eux-mêmes sont les marginaux de la société ». Plus pittoresque est l'image bonhomme véhiculée par Jane Sourza qui campe aux côtés de Raymond Souplex une clocharde malicieuse dans son émission radiophonique *Sur le banc*, transposée au cinéma l'année même où paraît *Le Vin des rues*. De Bob, Michel Laclos écrit à cette époque qu'« il n'est pas un clochard gîtant sous les ponts, pas un biffin déballant sur un coin de couverture sale sa récolte de la nuit, pas un "truand" qu'il ne connaisse personnellement, qu'il ne parvienne à confesser[1] ». « Ces gens existent, c'est un fait. Et même un fait social inhérent à notre société actuelle. À vous d'en tirer les conclusions. N'importe qui peut devenir clochard du jour au lendemain. Il ne faut pas croire à une prédisposition quelconque pour se retrouver un beau soir sans argent et sans domicile. C'est pourquoi il est rare, dans n'importe quelle assemblée de "cloches" sur les quais, aux portes de Paris, dans les terrains vagues, aux abords des asiles de nuit, de trouver parmi les hirsutes, les mal rasés, les haillonneux, des hommes qui ne furent pas autre chose avant d'être devenus cela », confiera Bob un jour de 1955 à une journaliste des *Lettres françaises* peu après la parution du *Vin des rues*. Pas de voyeurisme dans son regard, pas de condescendance. André Schwarz-Bart remarquait que Bob « vous parlait comme il parlait aux clochards.

---

1. Michel Laclos, *Lettres du monde*, 1ᵉʳ novembre 1950.

Et inversement. Et ça ne comportait rien de forcé. C'était de la manière la plus spontanée qui soit. Il était ainsi avec tout le monde. Il n'avait pas deux langages, ni deux sourires de politesse. Il n'y avait qu'un sourire, qu'une façon d'être et c'était de la même manière avec tous les gens, quels qu'ils soient, pourtant je l'ai vu dans des milieux assez différents. C'était ça d'ailleurs qui m'avait épaté, cette disponibilité sans frontières. Comme un pays sans frontières. Vous pouvez vous promener avec le personnage de Robert Giraud toute votre vie et vous n'en finirez jamais. Il n'y avait pas de limites en lui. C'est assez rare. Et en même temps il n'avait rien de ces personnages que l'on pouvait voir à l'époque au Quartier latin et qui jouaient un rôle : le rôle du vagabond, le rôle de l'étudiant lancé à travers les mondes, tous ces personnages à la mode, il n'était absolument pas lié à aucune mode, quelle qu'elle soit, il ne jouait aucun rôle ».

Comment Bob et Schwarz-Bart se sont-ils retrouvés, plus de dix ans après ? Par hasard, sans doute, dans la nuit, dans la rue ou peut-être chez Fraysse où, se souvient André Schwarz-Bart, Bob était « tellement entouré qu'il donnait l'impression, bien qu'il fût l'homme le plus démocratique du monde, de trôner, en somme d'être le roi d'une petite société. Mais bien sûr il n'y avait rien de tel dans son comportement». Quand *Le Dernier des justes* est récompensé par le prix Goncourt, Bob vient trouver Schwarz-Bart : «Alors, tu m'avais caché que tu écrivais ! Mais pourquoi ? » Schwarz-Bart : «Je ne cachais rien, simplement je ne sentais pas que je faisais partie de cet univers qui n'est d'ailleurs toujours pas devenu le mien, mais c'était sans mauvaises intentions. [...] Et il a tout de suite compris. Il m'a pris par l'épaule, on est allés boire un pot et c'était fini. Il n'y a jamais eu l'ombre d'un malentendu, nous avons continué à nous voir comme avant. »

On peut encore relire indéfiniment ses pages consacrées à la cloche. Aucune d'elles n'a fané car aucune d'elles, n'étant écrite à la mode, comme disait Schwarz-Bart, n'a pu se démoder. Copain des clochards, Bob est aussi leur intercesseur. En avril 1959, Europe 1 qui organise un débat avec le député Frédéric-Dupont, lui demande de «recruter» quelques gueux pour porter la contradiction à l'homme politique. Celui-ci vient de proposer une loi à la Chambre des députés interdisant qu'on couche dans les rues, à Paris et dans les villes de plus de

50 000 habitants. Leur interdire de pioncer dans la rue, alors que Bob sait mieux que quiconque que la cloche en argot signifie le ciel, et les clochards, ceux qui dorment dessous, c'est tout simplement signer leur avis d'expulsion de la ville. Cela ne tardera pas : Édouard Frédéric-Dupont, qu'on appelle alors le Député des concierges, ne fait qu'agir en franc-tireur du gaullisme immobilier qui videra sous peu Paris de son petit peuple et transformera la cité en cette espèce d'escale internationale, sans saveur, que nous connaissons aujourd'hui. À la radio, Bob, qui est convié au débat, ramène Neunœil, Pierrot Popaul, Paulo Breteuil, François Nounoute, Alec et Lucien le Spoutnik (parce que quand il est rond il part comme une fusée), frangins qu'il a recrutés aux alentours de la place Maubert. Autour du micro, face à ses contradicteurs, Frédéric-Dupont ne lâche pas prise : « À Nanterre, à l'heure actuelle, on peut manger et être hébergé gratuitement. – À Nanterre ? s'exclame Neunœil. Quand on demande à y aller, on nous répond qu'il n'y a pas de place. Deux heures après on se fait embarquer dans la rue : alors, y en a de la place et aussi du boulot ! » Les éclats de rire soulevés par cette déclaration n'empêchent pas Pierrot Popaul d'expliquer :

« Y en a beaucoup, parmi nous, qui sont restés des années à la Légion pour faire briller notre petit drapeau que nous aimons, et à leur retour on les a fichus sur les berges. » Paulo Breteuil entreprend d'exposer son cas : « Je suis sans logis depuis 1950. Ma maison s'est écroulée, j'avais un fils de dix-sept mois que j'ai dû placer à la campagne. Ma femme est repartie chez ses parents, c'est pour ça que je suis clochard. » Le député, pris peut-être à son propre piège : « Venez me voir chez moi, et je vous promets que dans quinze jours, il y aura un clochard de moins dans le septième. » L'émission se termine. Les clochards, superbes, se retirent en refusant les cigarettes à bout doré que leur offre le parlementaire[1]. La confrontation, à défaut de débat, est sans issue. Lot de consolation pour les participants : Europe 1 leur offre un litre de vin rouge qu'ils emportent à la fin de l'émission. Une constatation s'impose, plus de cinquante ans après : quoi de changé ? Des hommes et des femmes vivent et meurent toujours dans la rue. Pour les mêmes raisons.

---

1. Yolande Condat, *Paris-Journal*, 14 avril 1959.

Où sont-ils,
tous mes vieux bals musettes ?

À la fin des années quarante, Bob et son copain Pierre Mérindol sont des habitués de la Mouffe. Chineurs tous les deux, ils tiennent souvent leurs assises aux Quatre Sergents de La Rochelle. Ce bistrot, tenu par Olivier Boucharain qui a inspiré Doisneau, se situe juste en face de la rue Saint-Médard, là où se tenait alors le plus ancien marché aux puces de Paris. Les deux compagnons cherchent des idées pour se sortir de la débine. Leurs petits jobs de gardiens de boutique, l'un chez Pierre Loeb, l'autre chez Romi, ne suffisent pas. Ils bricolent un peu grâce à la brocante et c'est souvent qu'on les voit tirant leur voiture à bras dans le quartier. «On survivait grâce à un tas de petits trucs qui ne regardaient personne ; des moments, c'était juste, mais d'un soir à l'autre on arrivait à s'en tirer. À la ration quotidienne de pain et de vin nécessaire à se tenir sur les jambes on ajoutait le piment indispensable des gueuseries, noille après noille, poussant toutes les portes écrites à la lumière[1]. » En traînaillant dans les environs, Bob et Mérindol découvrent tout en haut de la rue du Cardinal-Lemoine, dans l'immeuble où avant-guerre logeait Hemingway, un bistrot dont le patron n'est autre que Joe Stenman, un ancien de la bande à Pierrot le Fou, paraît-il. Celui-ci les a à la bonne et leur fait visiter l'arrière-boutique, un vrai bal, comme au temps de Casque d'or et des apaches, avec les tables et les chaises fixées au sol afin que d'éventuels clients violents ne s'en servent durant la bagarre. C'est alors que le Joe en question leur propose de faire affaire avec lui. « À l'époque, se souvient Pierre Mérindol, les bagnards de Cayenne avaient été rapatriés dans la capitale. Ils ne mirent pas beaucoup de temps à découvrir la rue Mouffetard. Ces "vieux crocodiles" n'étaient pas farouches. Sans beaucoup de préliminaires, nous avons tout su d'eux. En fréquentant ces survivants de l'impossible, nous nous sommes découvert une âme de journalistes. Rien à voir avec les

____

1. Robert Giraud, *Le Vin des rues, op. cit.*

informations officielles. Nous traquions les récits particuliers, et les anecdotes les plus bizarres. Mais on nous connaissait plus dans les bars que dans les salles de rédaction[1]. » À force de fréquenter les vieux tatoués de retour du bagne, une idée traverse l'esprit de Bob et de son copain : pourquoi ne pas organiser un bal des faux tatoués jugés par un jury de vrais tatoués. Pour couronner le tout, ils imaginent Fréhel en présidente de séance. Les deux copains retrouvent la trace de la chanteuse réaliste qui accepte leur proposition. Entre-temps, Mérindol avait acquis pour une misère une bétaillère pour les besoins de leur commerce de brocante. Une bétaillère, c'est beaucoup dire, plutôt une voiture désossée dont il ne subsistait que le capot et deux fauteuils, devant et derrière. C'est avec cet engin qu'il transportait ses antiquités, mais aussi, durant l'été 1950, un vestige du passé, la chanteuse Fréhel qu'il va chercher dans son petit hôtel, à Pigalle. Il attachait la chanteuse avec des cordes pour qu'elle ne tombe pas. Elle lui disait : « Ah j'l'aime bien ta bagnole, Minet vert, au moins on a de l'air ! » Fréhel appelait tout le monde Minet vert. Son retour sur scène, en cet été 1950,

---

1. Nicole et Alain Lacombe, *Fréhel*, *op. cit.*

est un adieu. Elle disparaîtra pendant l'hiver qui suivra. «Aux Escarpes, se souvient Ragon dans ses souvenirs, Fréhel redevint, pour quelques mois, une étoile. Étoile d'abord des marginaux de la Mouffe, puis la nouvelle se répandit de la réapparition de ce fantôme. Les marginaux furent peu à peu repoussés par le public habituel des boîtes de nuit. Étrange music-hall que Bob affréta pour Fréhel, où il ressuscita l'ambiance des bastringues de la rue de Lappe. On s'entassait à tel point que même le comptoir servait de siège. Fréhel, courte sur pattes et énorme, immédiatement reconnaissable à sa célèbre frange, se frayait brutalement un passage. Puis, juchée sur une estrade improvisée avec des casiers à bouteilles, elle se campait, mains aux hanches, et entonnait d'une voix sourde, qui peu à peu s'amplifiait, une voix rouillée de vieille pocharde, l'émouvante chanson de *Pépé le Moko.*» La chanteuse est parfois accompagnée par Léon la Lune, un clochard qui a ses habitudes à la Mouffe. Certains soirs, hélas, la recette est insuffisante, ne serait-ce que pour payer le cachet de l'artiste. «Ça fait rien! disait-elle. Allez, Minet vert, on va faire un petit cochon.» Le cochon: un jeu de cartes enfantin auquel elle perdait néanmoins. Comme elle était mauvaise joueuse, Bob s'arrangeait pour la laisser gagner. L'enjeu chaque fois était une coupe de champagne que Bob lui offrait. C'est aux Escarpes que la chanteuse Monique Morelli assiste comme tant d'autres aux adieux pathétiques de « la » Fréhel. Plus tard, son premier disque sera d'ailleurs un hommage à « la Môme catch-catch ». Monique Morelli, cadette de Bob de deux ans, brune piquante aux cheveux coupés au carré, dont la frange était presque une image de marque, a prêté sa voix aux grands poètes de ce siècle, de Mac Orlan à Aragon. Elle aurait sans doute aimé que Bob lui écrive quelques chansons… Elle croise sa route pour la première fois dans un des bistrots de Saint-Germain ouverts la nuit et ils resteront amis jusqu'au bout de leur vie.

Ce n'était pas le radeau de la méduse
ce bistrot

Si par hasard vos pas vous mènent rue de Seine, arrêtez-vous au 21. Fraysse est mort depuis longtemps et les lieux ont bien changé. Néanmoins subsiste sur un mur une photo conservée qui témoigne de cette époque. Une cène. On y aperçoit le père Fraysse servant Maximilien Vox au centre d'une foule de vénérables buveurs. À gauche figure le peintre Henri, dit Toto Cheval, le peintre de l'entrecôte (car c'était son dada) et, derrière lui, Bob Giraud. Cette photo (parue dans *Libération* en 1954) est la reconstitution posée d'une toile du peintre Georges Bouisset nommée *Les Habitués du café Fraysse*. Au moment où elle fut prise, Bouisset exposait près d'ici, à la galerie Else-Clausen dirigée par son mari, Raymond Gibert de Cardonne. Bob, qui écrit à l'époque dans *La Revue des tabacs*, note que « quand fut déclenchée l'opération anti-alcool, Georges Bouisset, effondré, s'écria : "Que vais-je devenir, moi qui n'ai jamais su ni peindre ni boire un verre de lait[1] ?" ».

À cette époque, le Premier ministre Pierre Mendès France initie une campagne anti-alcoolique et préconise que l'on serve un verre de lait à chaque écolier. Impossible de dresser l'inventaire des peintres et dessinateurs qui éclusent chez Fraysse et dont les œuvres recouvrent les murs de cette estimable annexe des Beaux-Arts. Encore plus périlleux d'en établir une cohérence artistique. Bien sûr, le rouge domine, mais tous les styles se dissolvent dans le beaujolais fruité de papa Fraysse. Des tenants de l'abstraction lyrique Thanos Tsingos, Mathieu et Camille Bryen aux naïfs Grim et Ferdinand Desnos, en passant par le surréaliste Henri Espinouze, ici la querelle des Anciens et des Modernes n'a pas lieu. Deux grands potes de Bob, Toto Cheval, qui peindra son portrait en pied, et Jacques Lagrange, également co-scénariste de Jacques Tati, enseignent tous deux aux Beaux-Arts.

---

1. *Revue des tabacs*, printemps 1955.

Mais un autre peintre fréquente assidûment le bistrot du père Fraysse, c'est Pierre Giraud, le propre frère de Bob. Peintre autodidacte, il a été maquisard, à l'instar de son frère, lui aussi emprisonné au Petit-Séminaire de Limoges. Il débarque à Paris fin 1945 avec l'équipe d'*Unir*. C'est dans cet hebdomadaire dirigé par Bob qu'il fait ses premiers pas en illustrant quelques articles ainsi que *Pays perdus*, le recueil de poésie de la première épouse de Bob, Janine Lamarche. En 1946, il participe – c'est le plus jeune artiste – à sa première grande exposition collective organisée par la galerie Drouant-David. L'année suivante on le retrouve au tout nouveau foyer de l'art brut. Il est, selon le Bénézit, ouvrage de référence en matière de peinture, le « premier des naïfs à avoir été présenté au public sous la rubrique de l'art brut ». En ces années d'après-guerre, on voit souvent les deux frères ensemble, chez Fraysse. Ils y noueront de solides camaraderies, notamment avec Lars Bo. C'est ici qu'ils retrouvent leur ami limousin René Rougerie. Ancien journaliste devenu éditeur, il suggérera aux deux frangins de les réunir sous la même couverture. *L'Enfant chandelier*, poèmes de Bob illustrés par son frère, unique collaboration littéraire du tandem, paraîtra en 1958, et c'est le dernier recueil de poésie de Bob. C'est également Rougerie, cofondateur à Limoges de la revue *Centres* avec Georges-Emmanuel Clancier et Robert Margerit, qui leur fait connaître le peintre Gaston Chaissac. Le peintre publie dans la revue *Centres* et René Rougerie met Pierre en rapport avec lui. S'ensuivra une correspondance distincte avec les deux frères. À la fin de sa vie, Bob détenait de nombreuses lettres de Chaissac. Certaines d'entre elles, adressées à « R.G. », figurent déjà dans *Hippobosque au bocage*, que Gallimard publie en 1951. En réalité c'est Chaissac qui écrit à Bob, ce dernier ne répond jamais ! Mais le peintre attendait-il des réponses ? Bob lui rendra visite une seule fois, avec Doisneau, à l'occasion d'un reportage publié dans *Franc-Tireur* en 1956. Cet article déplaît au peintre qui, dans une lettre adressée à l'écrivain Pierre Boujut en septembre de la même année, en cite un passage pour mieux s'en moquer : « Ses excentricités effrayèrent les paysans qui voyaient en lui un suppôt du diable. Sa bicyclette au guidon retourné était considérée par eux comme une monture de Lucifer qui, disaient-ils, le conduisait au sabbat la nuit. » Chaissac commente : « Aucun campagnard n'a jamais dû dire une chose pareille. Ce qui est plus exact c'est que des paysans me trouvent bizarre, mal élevé. Et bon à baiser. » Et il signe ironiquement sa lettre à Boujut : « Gaston Bizarre, dit Chaissac »[1]. Pour le peintre Henri Landier qui fréquente Bob dans ces années, « son rapport à la peinture est tout à fait superficiel. Il n'y a pas que lui. Pierre Mac Orlan ou même Carco, les écrivains en général, mettent trop de sens et c'est ce qu'ils cherchent dans la peinture. Il doit y avoir un sens, mais ce n'est pas le premier mobile de la peinture. Alors que l'écrivain cherche toujours dans un peintre ce qu'il veut dire. Giraud c'était ça. Il aimait d'abord le peintre lui-même et après sa peinture ».

---

1. Gaston Chaissac, *Lettres du Morvandiau en blouse boquine à Pierre et Michel Boujut*, Plein Chant, 1998.

L'idiome du village

Bob, attentif au parler de la rue, collecteur minutieux des fruits verts du langage, verts comme cette langue que l'on appelait l'argot, étudie le parler populaire en spécialiste. Dès le début des années soixante et jusqu'à la fin de sa vie, la majorité des livres qu'il publiera sera consacrée à ce sujet. Au commencement, donc, est le verbe. Bob, tout jeune, est déjà travaillé par la langue. De culture classique, élevé dans un milieu somme toute conformiste, il découvre dans la littérature, notamment chez Carco, une autre parole, reflet fidèle du parler de la rue. Sa fréquentation des bordels, adolescent, puis sa rencontre avec des droit-commun, en prison, parachèveront un apprentissage langagier qu'il mettra en pratique dans ses livres. Il y a un style Giraud. Récemment, Mike Spingler, un universitaire américain, a commencé à traduire *Le Vin des rues*, non sans difficulté, «pas seulement pour la question de l'argot, mais aussi parce que Bob a une langue très imagée, très personnelle», estime-t-il. Bob conjugue en permanence l'oral et l'écrit, le savant et le familier. Dans *Le Vin des rues*, on passe de Baudelaire à l'argot le plus pur, parfois même mâtiné de parler gitan. Ses recherches sur le langage, empiriques certes, embrassent large. On lui aurait proposé une chaire d'argotologie en Sorbonne qu'il aurait refusée. Au contraire des Albert Simonin, Géo Sandry, Auguste Le Breton, etc., Bob s'intéresse à tous les aspects du langage populaire. Pour Alphonse Boudard, Bob n'était ni plus ni moins qu'un philologue. Sa recherche, assez pointue, constate l'auteur de *La Méthode à Mimile*, «va dans des directions où en général l'argotier ne va pas parce qu'il reste surtout dans la marginalité des cours d'assises et des prisons[1]». *Le Royaume d'argot*, qu'il publie en 1965, son livre de référence en la matière, est une véritable encyclopédie d'argot, non seulement consacrée au langage, mais à tous ses aspects de la

---

1. Patrick Cazals, *Robert Giraud, le maître d'argot*, *op. cit.*

vie quotidienne. C'est aussi dans ce premier ouvrage qu'il consacre à la langue verte qu'il compare littérature et langage parlé. Du parler jaspiné par les derniers descendants de la cour des Miracles à celui, familier, entendu au comptoir ou dans la rue. C'est au zinc, ce marché aux puces du langage, que Bob le chineur récolte ses trouvailles. C'est là que s'écrit la poésie des rues, c'est là que les mots volettent, saisis au bond, relancés illico. Bob partage avec le taulier, la pute ou le clochard cette faculté de pouvoir regarder défiler le monde, d'observer le petit manège pour voir un peu comme il tourne. C'est du rade, ce poste d'observation privilégié qu'il écoute, observe, note les fameuses brèves de comptoir dont il est probablement l'inventeur, expressions qu'il collecte, classifie. Comme les signes tatoués sur la peau des anciens bagnards, la parole est un passeport qui en dit long sur son locuteur. Les mots fusent, roulant leur flot métaphorique. « Au bistrot, où l'évolution comme ailleurs ne se heurte à aucune borne, le langage évolue en fonction même des événements. Ainsi pendant un temps le verre de vin rouge était simplement un staline, le rosé un socialiste, le verre d'eau minérale un chômeur et le demi de lait un mendès. Mots épisodiques certes, mais qui

marquent une époque cependant révolue[1]. »
La même année que *Le Royaume d'argot*, Bob
publie *Réservé à la correspondance*, assez
emblématique selon moi de sa façon d'opé-
rer. Grand collectionneur de cartes postales
anciennes – un article de presse de l'époque
précise qu'il en possède 40 000 –, il ne
s'attache cependant qu'aux sujets les plus
insolites, liés à l'expression populaire,
comme ces images de vespasiennes que le
médecin et écrivain Claude Maillard utilisera
pour l'un de ses ouvrages[2]. Pour *Réservé à la
correspondance*, ce qui l'intéresse, c'est moins
l'endroit que l'envers. Les échanges épis-
tolaires griffonnés au dos de ces cartons
illustrés font de ce livre un hilarant catalogue
d'absurdités, de phrases toutes faites ou ban-
cales, de pensées approximatives, de naïvetés
touchantes, aussi vite écrites qu'elles auraient
pu être dites au comptoir. De véritables
brèves : « Chère sœur, Je veux t'envoyer de
nos nouvelles de Saint-Romain. Gérald est
ici complètement au lait, ce qui le change du
vin… » Nous sommes là au cœur des préoc-
cupations langagières de Bob que quelque

---

1. « Bistrots », art. cit.

2. Claude Maillard, *Les Vespasiennes de Paris ou les
Précieux Édicules*, La Jeune Parque, 1967.

temps plus tard l'éditeur Dominique Halévy sollicite afin qu'il lui écrive le premier livre de sa toute jeune maison d'édition. Ancien chef de fabrication chez Denoël à l'époque du *Vin des rues*, Halévy (petit-fils de l'auteur dramatique Ludovic et fils de l'historien Daniel) s'installe place Dauphine, à quelques mètres de la Taverne Henri IV, lieu d'élection de Bob depuis le début des années soixante, c'est-à-dire depuis que le père Fraysse a jeté l'éponge. Il retrouve ici l'atmosphère des romans de Simenon, un de ses auteurs préférés, qui y a situé nombre de ses livres où évoluent des mariniers autour d'un poêle. Quand Robert Cointepas, le patron, reprend l'affaire, il n'y a plus de poêle au centre de la pièce et la clientèle a changé. Cela devient l'un des abreuvoirs favoris de Lars Bo, Antoine Blondin et Albert Vidalie, Robert Sabatier, Pierre Chaumeil, René Fallet et son homonyme William, l'un des meilleurs bouquinistes des quais, chez qui Bob se fournit en vieux papiers et en gravures. À la Taverne Henri IV ne frayent pas que les anciens de chez Fraysse. Il y a aussi de nouveaux venus tel Gilles Sacksick, jeune peintre qui vient tout juste de plaquer les Beaux-Arts deux mois après son inscription. Il découvre la fine équipe vers 1965 : « J'étais timide, Bob était grande gueule et m'avait pris sous son aile. C'est lui qui m'a présenté à Doisneau. Un jour, ce dernier est arrivé pour prendre un café. Bob devait se tirer, il lui a dit : "Tiens, je te présente Gilles, c'est un pote, il barbouille." » Revenons à Dominique Halévy. Le texte qu'il prévoit d'éditer est un petit glossaire d'argot. Le seul problème, c'est que Bob a déjà déposé le manuscrit chez Denoël qui ne fait d'ailleurs aucune histoire pour le céder – s'en débarrasser serait un terme plus approprié – à son jeune confrère. Ce dernier souhaite réunir les talents de Bob et de Sacksick qui, à cette époque, n'a publié aucun livre, mais travaille avec des rédactions où Bob l'a introduit. Le fruit de leur collaboration sera une *Petite flore argotique* dont la couverture représente Bob en satyre poursuivant une nymphe une fleur à la main (prendre une fleur, en argot, c'est prendre la virginité).

Ce livre n'est pas le premier, on l'a vu, que Bob écrira en tandem. J'ai déjà évoqué Doisneau, Delarue, Ragon, Prévert, Lars Bo. Il y aura aussi le dessinateur Moisan avec qui il commettra en 1971 *L'Académie d'argot* (Denoël). Le caricaturiste iconoclaste et de haute volée officie chaque semaine dans *Le Canard enchaîné*, « le volatile », de gaullienne mémoire. C'est aussi un compagnon de zinc irréprochable. *L'Académie d'argot* est une entreprise hardie puisqu'elle propose aux lecteurs des extraits d'œuvres en français suivis de leur traduction en langue verte accompagnée des étranges, grinçantes et parfois inquiétantes illustrations de Moisan. L'idée n'est pas nouvelle. Pierre Devaux, auparavant, avait déjà traduit *Jésus-la-Caille*, de Francis Carco, en argot. Mais l'exercice est périlleux et Bob démontre ici sa connaissance hors pair de la langue des affranchis qu'il applique avec un égal bonheur à des styles littéraires hétérogènes. L'index des auteurs traduits ressemble à son carnet d'adresses : Simone et André Schwarz-Bart, Jacques Prévert, Pierre Mac Orlan, André Salmon, Robert Sabatier, Albert Vidalie, qui vient alors de mourir et par qui Bob clôt son bouquin. Henry Muller, dans *Carrefour,* constate avec justesse que « les écrivains qui doivent le plus en vouloir à Giraud sont ceux dont il n'a pas traduit la prose dans la langue qui lui est chère et où il est passé maître ». (Aragon, Henri Troyat ou Philippe Hériat refuseront d'y figurer.)

Après les tatoués et les clochards, Bob devient donc un spécialiste ès argot. C'est ainsi qu'en 1971 il reçoit une lettre de Jean

Bruel, fondateur de la Compagnie des Bateaux-Mouches : « Nous avons été amenés à éditer, dans une dizaine de langues, un commentaire de notre parcours à Paris. Nous avons aussi une édition en langue d'oïl et une autre en langue d'oc. Il nous paraît amusant de prévoir une édition en langue "verte" que nous mettrons à la disposition des Parisiens. » Bob rédigera *Un viron en barlu-mouche*. Cette promenade au fil de l'eau et du langage argotique sera sa dernière publication des années soixante-dix, décennie pendant laquelle il survivra mal de ses chroniques hebdomadaires distillées à *L'Auvergnat de Paris*. Il faudra attendre les années quatre-vingt pour redécouvrir son œuvre. Une redécouverte qui passera d'abord par de nouveaux ouvrages sur le langage populaire. Jacques Grancher ouvre le bal en 1981 avec *L'argot tel qu'on le parle*, un dictionnaire français-argot bien utile pour les caves. Puis les éditions Marval publieront coup sur coup *L'Argot du bistrot* (préfacé par Topor, vieille relation de zinc) et *L'Argot d'Éros*, tous deux agrémentés de nombreuses images inédites de ses amis photographes. Le Dilettante publiera quant à lui *Faune et flore argotiques*, deux volumes jumeaux dans lesquels Bob montre sans ostentation la vaste étendue de ses lectures. Et leur variété. En témoigne son ultime ouvrage, *L'Argot de la « Série noire »*, publié en 1996, écrit en collaboration avec son ami Pierre Moulinier (qui signera pour l'occasion Pierre Ditalia). Ce « Giraud-Ditalia » ne sera donc pas consacré au cyclisme dont Bob était un amateur, mais aux traducteurs de la célèbre collection, dont le titre fut trouvé par Prévert… « Le parti pris des auteurs est de montrer comment la traduction du roman policier américain (mais n'est-ce pas vrai de toute traduction ?) n'est pas, selon la classique et trop simpliste homophonie, une trahison mais le lieu d'un véritable travail de création linguistique. Exemple : la traduction en 1962 de *Y a qu'à se baisser* de Lawrence Block par Jean Rosenthal. "La bataille était gagnée d'avance mais j'étais vachement décidé à jouer jusqu'au bout. Ma main experte lui arracha un petit gémissement qui n'était pas feint. Elle ardait comme un coup de soleil." L'invention du verbe "arder" qui ne doit rien à l'argot américain (le slang) mais renoue avec le feu de l'ardor latin est la création poétique de l'un de ces traducteurs inspirés auxquels cette étude rend enfin justice[1]. » Ce premier volume

---

1. Christophe David, *Le Matricule des anges*, mars-avril 1997.

devait être suivi d'un second, consacré aux auteurs français, mais Bob, qui tirera sa révérence au début de l'année 1997, n'en aura jamais l'occasion. *The Long Goodbye.*

« Ne travaillez jamais »

De 1955, année de parution du *Vin des rues*, jusqu'à 1959, Bob vit au rythme de ses articles dans la presse et de quelques piges, non journalistiques celles-là. Car on sait que l'on peut compter sur lui dès que l'on a besoin de tatoués ou de clochards. Il a déjà joué les agents recruteurs pour Irving Penn, Gabriel Pomerand et Europe 1 ! Quand la revue *Tout savoir* (une des innombrables publications auxquelles il collabore) publie un dossier sur « Le monde étrange des tatoués », il est évidemment sollicité pour en assurer le « contrôle technique », c'est-à-dire fournir les tatoués. La production de *Du rififi chez les femmes*, film d'Alex Joffé scénarisé entre autres par Auguste Le Breton, lui demandera de lui trouver des figurants clochards. Sa documentation photographique est telle que Georges Bataille ou Maurice Girodias, notamment, y piocheront.

Moins anecdotique, il tuyautera également Alain Jessua. Il s'agira là d'une vraie collaboration, sa seule véritable expérience dans le domaine cinématographique. Un jour de février 1956, alors qu'il tape le carton chez Fraysse, Jessua, jeune assistant réalisateur de vingt-quatre ans qui a déjà fait ses preuves chez Max Ophüls, Jacques Becker et Yves Allégret, vient lui exposer son projet : pour son premier film, un court métrage, il souhaite raconter la journée d'un clochard. « J'avais été très impressionné par le livre de Jean-Paul Clébert, *Paris insolite*, se souvient Alain Jessua, et je voulais entrer en rapport avec lui. Un de mes amis, le cinéaste Jacques Baratier, me dit : "Mais non, Alain, il faut rencontrer Robert Giraud, c'est lui qui connaît le mieux le monde des clochards." » Le cinéaste demande à Bob s'il en connaît un qui pourrait faire l'affaire. « Parfaitement », lui répond-il, et il lui présente un certain Léon Boudeville qui a deux passions, sa chienne Cora et son harmonica, instrument avec lequel il a accompagné Fréhel à la fin de ses jours, au fameux bal des Escarpes dont s'occupait Bob. Pour l'heure, c'est au Vieux Chêne, l'un des plus célèbres estancos de la Mouffe, quasi un monument historique, que Bob et Jessua retrouvent la bouille lunaire de Léon. Le patron du Vieux Chêne se fait appeler le Commandant. « C'était un ancien marin qui, se souvient le cinéaste, racontait des histoires de marine à voile, du temps qu'il était mousse. Je ne sais pas si c'était très vrai. Dans ce milieu-là il y a beaucoup de fantasmagories. Il avait un gros chien, son sosie, au point qu'on ne savait plus qui était le maître. » Quand Bob pénètre dans le bistrot, Léon la Lune ignore encore que son blaze sera bientôt le titre du premier film d'Alain Jessua. Le rôle de sa vie. Le Vieux Chêne deviendra pendant les quatorze jours du tournage le quartier général de l'équipe. Le cinéaste écrira le scénario avec Bob, puis ce dernier a l'idée de montrer les rushes aux frères Prévert. Jacques, enchanté, lui propose d'écrire un texte liminaire et demande à son ami le guitariste de jazz Henri Crolla de composer la musique du film. Bob est ravi, Jessua, aux anges. « Léon la Lune, c'est comme ça qu'on l'appelle parce qu'il est tout seul sur Terre. Léon la Lune, c'est comme vous et moi ou n'importe qui, un personnage de la vie », écrira Prévert dans son introduction. L'œuvre, d'une durée de seize minutes, sort en 1956 et obtient le prix Jean-Vigo l'année suivante. Léon, éphémère vedette de l'écran, deviendra plus cabot que son chien : « Le jour de la présentation du film à la presse, les journalistes se sont précipités pour lui demander ses nouvelles impressions d'acteur. Il répond : "Oh ! vous savez, moi, j'ai fait ça pour leur rendre service[1]." » Plus de cinquante ans après, Jessua conserve de Bob un souvenir ému, juste : « C'est l'un des êtres les plus authentiques que j'ai rencontrés. Il portait une admiration sincère pour tous les marginaux. Ça lui venait du fond de lui-même. Il vivait pour ça. Il savait leur parler et il n'y avait aucun problème de communication, c'était immédiat. Il n'y avait pas de problème. C'était un vrai anarchiste tel que je n'en ai jamais rencontré depuis et un garçon qui n'acceptait pas la société telle qu'elle était. » On se souvient que, de gauche dès le lycée, il s'engage ensuite dans les FTP de Guingouin. Il restera ensuite, à l'instar de son frère Pierre, très marqué par l'esprit de la Résistance. Michel Ragon admet qu'il « était lié aussi au parti communiste, mais pas adhérent. Les communistes à l'époque

---

1. Guy Delamotte, *Vedettes inattendues*, La Pensée moderne, 1957.

lui paraissaient plus proches de la Résistance que, de toute façon, ils avaient accaparée ». Sympathisant, Bob ne suit pourtant aucun catéchisme, aucune doctrine, aucun clan ni aucune bande, passe, en les ignorant délibérément (mais il en avait déjà tellement vu…), à côté de l'existentialisme, du lettrisme tout autant que de l'intellectualisme ! Plutôt libertaire, c'est le loup de la fable de La Fontaine qui n'a que les os et la peau et qui préfère courir plutôt que de porter le collier qui asservit le dogue. « Ne travaillez jamais », formule inventée par Pomerand qui fera florès en 68, n'est pas pour lui déplaire. Bob n'aime pas la société. Pas cynique, mais sceptique, méfiant vis-à-vis des éternels bobards qu'on essaie de nous refourguer. Sa seule religion, finalement, fut la camaraderie. Il suffisait, analyse son ami d'enfance Roland Dumas, « qu'un type soit sympathique, qu'il accepte de passer des soirées et des nuits à discuter avec lui autour d'un verre de rouge, à se raconter des histoires de jeunesse, pour qu'il le prenne en sympathie ». Quant à Pierre Chaumeil, il résume ainsi le parcours politique de Bob : « J'étais royaliste, il était communiste. Il a fini anar de droite, un peu comme moi. » Ce qui ne laisse pas d'étonner le peintre Gilles

Sacksick, qui les fréquente tous deux à la Taverne Henri IV dans les années soixante : « C'était la première fois que je voyais des gars de bords politiques différents boire des verres ensemble. » Mais basta ! son œuvre parle pour lui : elle n'est qu'une longue et vivante apologie de tous ceux que la société rejette – clochards, putes, gitans, etc. – et de tous ceux qui rejettent la société.

Entre Vidalie, en moins bien,
et Fallet, en mieux

On l'a vu, Bob vit, tant bien que mal, de l'air du temps. Quelques piges, un film, des bouts de ficelle, mais pas de livres. Son éditeur s'impatiente. Le 16 avril 1959, Robert Kanters, directeur littéraire chez Denoël, lui écrit une lettre où il ne mâche pas ses mots : « Cher ami, je prépare pour le moment le programme des éditions Denoël pour la rentrée et la saison d'hiver, et je serais heureux de savoir si je dois prévoir la publication d'un nouveau livre de toi. De toute façon j'aimerais bien connaître tes projets et savoir à quel moment tu comptes nous remettre ton prochain manuscrit. Les histoires de clochards à la radio et ailleurs ont assez duré, apporte-moi ton manuscrit, on te donnera aussi un litre de rouge. » En retour, la même année, Bob lui adresse le manuscrit de

La Route mauve, son premier roman. Un deuxième paraîtra en 1961. Entre-temps il n'aura pas résisté au plaisir de s'accouder encore une fois au zinc en compagnie de ses vieux amis Doisneau et Prévert. Ce trio de poètes de l'instantané sera réuni en septembre 1960 dans la 57e livraison de la revue *Le Point* – rien à voir avec l'actuel magazine – titrée « Bistrots », dont la couverture, cela va de soi, est couleur lie-de-vin. Cette revue thématique que les bibliophiles s'arrachent aujourd'hui sortait une livraison par an. Pierre Betz l'avait fondée en 1936, à Souillac, et, depuis 1946, travaillait fidèlement avec Robert Doisneau, qui signe donc ici une fois encore les photos tandis que l'introduction, de Jacques Prévert, est généreusement parsemée de brèves : « Au Diable-Vert, rue Saint-Merry, un clochard devant son premier verre, en confidence, lui dit : "Place-toi là pour voir le défilé !" Mais, sur le miroir du comptoir, un petit écriteau ravive la mémoire de ce client trop empressé : "Surtout n'oubliez pas de payer. Même si vous buvez pour oublier." » Cet hommage à la civilisation des zincs pas encore à sec, c'est certainement de la part de Doisneau une manière élégante de renflouer son pote dont la situation pécuniaire n'est certainement pas des meilleures, mais c'est aussi pour Bob, alors qu'il aborde la quarantaine, l'occasion de se retourner sur les quinze années parisiennes écoulées. Un bilan. Cette échappée buissonnière ne l'empêche pas de travailler à son deuxième roman, *La Petite Gamberge*. Il s'est mis au vert pour le composer. Pas sur l'île de Bréhat comme ce fut le cas avec *Le Vin des rues* et *La Route mauve*, mais dans sa chambre de jeune homme, dans la maison familiale limougeaude. Pour la presse locale c'est un petit événement, quasiment le retour du fils prodigue ! C'est aussi l'occasion d'en savoir plus sur sa méthode de travail. Bob écrit très vite, établit un plan minutieux, puis se jette dans l'aventure. « Je ne fais jamais de brouillon et j'écris tout à la main car j'ai horreur de la machine à écrire. Comme tous mes livres se situent à Paris et que j'ai besoin de recul, je vais le plus souvent les écrire en Limousin », expliquera-t-il plus tard.

Georges Piroué, qui lit le manuscrit pour Denoël, moyennement enthousiaste, conclut sa note de lecture par cette curieuse remarque – « Cela tient le milieu entre Vidalie, en moins bien, et Fallet, en mieux » – qui au moins situe Bob dans un contexte littéraire. Quelques années après,

Giraud, histoire sans doute de respecter le contrat qui le lie à Denoël, publie *La Coupure*, roman qui passera complètement inaperçu, d'ailleurs toujours disponible à ce jour chez l'éditeur. Ces quelques tentatives romanesques de renouer avec les histoires de trimardeurs qui cheminent le long de la route mauve, celle qui relie Paris à Limoges, ou de truands à la petite semaine qui gambergent dans les rades de la montagne Sainte-Geneviève, véhiculent une image des vagabonds et de la ville qui tend à disparaître. « Paris change ! Mais rien dans ma mélancolie n'a bougé ! » pourrait clamer Bob à la suite de Baudelaire. Ses amis se rangent des voitures ou leur notoriété les éloigne des bistrots populaires. Les personnages pittoresques de la rue sont partis sans laisser d'adresse (adresse au demeurant qu'ils n'avaient pas), usés, abattus par le vin mauvais et les conditions de vie difficiles. Même son frère, Pierre, joyeux compagnon des années Fraysse, prend ses distances. Bob, quant à lui, continuera à mener cette existence qui fut la sienne depuis son arrivée à Paris. Une vie de cabotage. Au comptoir du temps présent, irrémédiablement plus jeunes, ses nouveaux copains ne peuvent plus partager avec lui ses souvenirs, mais seulement l'écouter. « Il n'arrêtait pas de parler, se souvient Daniel, l'un de ces nouveaux compagnons. À la fin, il faut bien le dire, ça devenait assez répétitif, mais c'était sa joie de vivre. Ce qui lui plaisait, c'était d'être au comptoir, tôt le matin, de fumer ses Gauloises et de parler de tout. Il racontait des anecdotes. Je me souviens qu'il m'avait raconté ce qu'avait répondu Bouglione à une personne qui lui demandait où il planquait la recette en liquide de son cirque : "Avant que les lions reviennent de leur numéro, je la cache dans la cage." »

La boucle est bouclée

Au début des années soixante, il réfléchit au sommaire d'un recueil de chroniques qu'il hésitera à intituler « Paris comme un regret », signe qu'il prend acte de l'inéluctable fin de Paris et de sa culture populaire. Ce recueil, qu'il appelle finalement *Paris, mon pote*, est un assemblage de reportages retaillés, retravaillés et recousus entre eux pour l'occasion, provenant principalement de ses écrits journalistiques, mais dans lequel on trouve aussi, légèrement remanié, *Les Cris de Paris*, ouvrage réalisé avec son ami le graveur Lars Bo. *Paris, mon pote* est une anthologie giraldienne, du cousu main, la part complémentaire et diurne du *Vin des rues*. Le résultat est heureux et montre une fois de plus que Bob Giraud sera toujours plus à l'aise dans la chronique que dans l'œuvre d'imagination.

Hélas, Denoël refusera *Paris, mon pote* que Bob, au fil du temps, dépareillera en y piochant çà et là des textes qu'il intégrera dans ses propres livres ou qu'il publiera dans des revues ou chez des éditeurs. Tel fut le cas pour *Carrefour Buci*, récit des premiers temps germanopratins, à l'époque où, dans la dèche, il fréquentait des cafés miteux et des personnages hauts en couleur. Initialement, il s'agit d'un des chapitres du *Vin des rues*. Puis Bob l'a ensuite intégré à *Paris, mon pote*. Il sera finalement publié en 1987 au Dilettante. C'est cette maison d'édition, fondée entre autres par le libraire Dominique Gaultier, qui permettra de redécouvrir Robert Giraud. Gaultier, qui, avant cela, s'occupe d'un journal de quartier, demande à Bob l'autorisation de reproduire un extrait du *Vin des rues*. Ce dernier lui avait donné rendez-vous à la Bastille, près de la rédaction de *L'Auvergnat de Paris*. « On a fait la traversée de Paris, tous les bistrots, de L'Embuscade jusqu'aux Négociants, en passant par La Tartine et quelques autres. Partis vers 13 heures on est arrivés vers minuit ! Comme je l'accompagnais et que je buvais, j'étais devenu un initié, je faisais partie du clan. » Plus tard, Gaultier et son comparse d'alors Guy Ponsard lancent les éditions Le Tout sur le tout, grâce à qui toute une génération de lecteurs découvrent Calet, Guérin, Herbart, Gadenne, Henein, auteurs alors complètement oubliés. Ils rééditent en 1982 « Les accessoires nocturnes », dernier chapitre du *Vin des rues* rebaptisé pour la circonstance « Niglo, clebs et greffiers ». Sur la couverture de cette plaquette hors commerce figure un Bob jeunot, la crête narquoise et le verre à la main, fêtant devant chez Fraysse, sur le trottoir de la rue de Seine, la parution du *Vin des rues*. La boucle est bouclée : *Le Vin des rues* sera réédité en 1983 par Denoël, agrémenté de photos de Robert Doisneau. Par la suite, Gaultier demandera sans répit des textes à Bob. Celui-ci se fait désirer mais finit par céder, maugréant que « tout a déjà été publié ». Son ami Pierre Moulinier se souvient qu'il lui montrait chaque semaine des feuillets : « Qu'est-ce que tu en penses ? » lui demandait-il. « C'est bien », répondait son pote. Bob insistait : « T'es sûr ? – Bob, lui rétorquait Moulinier, arrête de faire ta midinette ! » « On allait ensuite chez Gaultier, au Dilettante, qui lui disait : "C'est formidable, on publie !" Et Bob qui discutait à propos du contrat ! » *Carrefour Buci* sera suivi des *Lumières du zinc*. Ce recueil de souvenirs fragmentés démontre le savoir-faire de ce maître de l'esquisse et de l'observation fine, qui avec vivacité évoque ses amis et parsème l'ensemble de savoureuses brèves. La même année, 1988, Bob et Lars Bo publient leur deuxième ouvrage, *Fleurir la ville*, aussi rare et luxueux que *Les Cris de Paris* paru vingt-sept ans plus tôt. Les chemins d'écriture ne sont pas tracés au cordeau. Ce sont des méandres, des rivières souterraines, des sillons qui attendent sous les hivers successifs la venue d'un nouveau printemps. Pour Bob, *Fleurir la ville* est une forme d'hommage à sa jeunesse, un retour aux origines. Ce recueil de poèmes commencé à Limoges après la Libération, terminé à Saint-Germain-des-Prés en 1946, aura mis plus de quatre décennies à éclore.

« Tu l'appelleras Le Vin des Rues »

Au comptoir des réminiscences, le temps perdu ne l'est pas pour tout le monde. Bob, qui ramasse les souvenirs à la pelle, n'a rien oublié. Où sont-ils, les copains des cafés du temps d'avant ? D'autres habitués sont arrivés, avec d'autres habitudes. Ils l'ont trouvé là, comme s'il n'avait pas quitté son môle. À la fin de sa vie, au terme des années quatre-vingt-dix, Bob est entouré de cadets qui dégustent ses histoires millésimées. Chaque jeudi, fidèle à son zinc montmartrois, devant le comptoir en fer à cheval des Négociants, il régale gratis ses potes de ses récits antédiluviens. Moments mémorables, encore aujourd'hui, où sa présence est inscrite dans les murs. C'est vrai, Bob n'aura pas été un auteur adulé par les foules. L'histoire littéraire l'ignore, ainsi que les dictionnaires. Il faut dire qu'il y a mis du sien et qu'il fut un piètre ambassadeur de lui-même. Il n'a conquis aucun public, seulement des amis, toujours là aujourd'hui quand il s'agit d'évoquer son souvenir. Mieux qu'un sinistre marbre gravé, un bistrot nous rappelle à son bon souvenir, au 21 de la rue Boulard. 21, comme ce numéro de la rue de Seine, l'adresse de chez Fraysse dont il poussa la porte un jour d'après-guerre. Rue Boulard, dans le quatorzième arrondissement, quelques décennies plus tard, Jean Chanrion, vieille connaissance de Bob, souhaite acquérir un zinc dans son jus, comme on n'en fait plus, comptoir joliment arrondi, nappes à carreaux et casiers pour les ronds de serviette. La première démarche du nouveau propriétaire est d'y emmener Bob, dont le flair infaillible de sourcier vaut tous les augures. Après le premier verre d'usage, Bob jette son clope par la porte entrouverte et, juste après en avoir allumé un autre, demande à Chanrion de le suivre dehors : « Fais-moi ce bistrot, lui dit-il. Je le sens bien, tu l'appelleras Le Vin des Rues. »

Épilogue

Et puis le silence. Insistant et définitif. Point final. L'histoire se termine là. Aux Quatre Sergents de La Rochelle, un des types bâille et se frotte les yeux. Il a l'air ahuri, comme s'il sortait d'un rêve. Les hommes sont las. Le jour ne s'est pas encore levé. Le ciel est encore tapissé de goudron. La nuit a été longue. Elle commence à capituler. De discrets bruits avant-coureurs annoncent l'arrivée des grands chevaux, des grands sabots, des emmerdes éclairés à profusion et des petites joies que l'on peut sans crainte dévoiler à la lumière du jour. La vie normale. La neuille s'apprête à se dissoudre dans le quotidien qui pointe.

Un clille s'exclame qu'il faut maintenant décarrer, « demain est un autre jour ». Gégène Tête de paf ronflotte, assis à califourchon sur sa chaise. Il ne sait pas qu'il clamsera demain – il ne vaut mieux pas, cela lui gâcherait le plaisir – entre les bras de Violette, un peu plus bas, au Village, un concurrent des Quatre Sergents de La Rochelle, sauf qu'au Village, les chambres au-dessus du bistrot ne sont pas faites pour dormir…

Bob titube légèrement. Au fond de son estomac clapote un peu de beaujol. Il s'étire comme un chat. Son clope est toujours allumé. À croire qu'il fume le même depuis l'entame de la nuit, depuis qu'il est amarré au bout du comptoir. Sa main est encore fine, mais décharnée, son allure adolescente accuse la courbure du dos, sa tignasse est clairsemée. Il n'a pas vu le temps passer. Son verre est à peine creusé. À moitié vide, à moitié plein. Comme si on était encore tout à l'heure, au début d'une histoire qui passe trop vite. Il pense à son enfance, à la guerre, quelle connerie la guerre, il pense à Prévert qui disait tu à tous ceux qu'il aimait, à Doisneau son camarade, à son sourire malicieux, à sa façon de dire «Monsieur Giraud, vous ne serez jamais un garçon sérieux», à leur commune tendresse pour l'humanité imparfaite, il pense à Chaumeil, bon compagnon des dérives nocturnes, à Fraysse, aux filles de la rue Prépapaud et à celles de la rue

Quincampoix, aux ramasseurs de mégots et aux voleurs de chats... La vie est un songe creux comme un verre menteur. Il pense à ses amis, aux vins bus, qu'ils soient distingués ou bien des rues.

Tout cela est maintenant classé au rayon des souvenirs, dans de grands cahiers étiquetés, des classeurs, des cartons qu'un enfant ouvrira peut-être un jour, à moins que toute cette existence ne finisse dans une poubelle dont le contenu sera récupéré par un diable qui l'étalera sur le carreau et s'en débarrassera contre quelques pièces qu'il se dépêchera de boire à la santé de Bob ! Il plonge la main dans sa poche, égrène la mitraille qui coule entre ses doigts, paie, s'apprête à sortir.

Au moment de saisir le bec-de-cane, il se retourne une dernière fois vers Olivier, le patron des Quatre Sergents de La Rochelle.

« Salut, Bob, lui lance Olivier.

– Salut, Olivier », lui répond Robert. Robert Giraud que, de Buci à Mouffetard, des Halles à la Maube, on n'a jamais appelé que par son blaze : Bob. Monsieur Bob.

Remerciements

Je tiens à remercier chaleureusement pour leur aide, leur disponibilité, leur accueil : Ludmilla Balfour, Thierry de Beaumont, Gaston Bergeret, Robert Bober, François Carbou, Patrick Cazals, Jean Chanrion, Claude Chanteraud, Pierre Chaumeil, Georges-Emmanuel Clancier, Jean-Paul Clébert, Robert Cointepas, Daniel Colagrossi, Daniel dit « le Bouc », Jacques Delarue, Robert Delpire, Jean-Pierre Desclozeaux, Annette Doisneau et Florence Deroudille, Michel Dufour, Roland Dumas, Pierre Dumayet, Agathe Fallet, Dominique Gaultier, Christiane et Robert Ginzburg, Jean-Claude Giraud, Alain Jessua, Michel Laclos, Henri Landier, François Lartigue, Marcel Laucournet, François Letaillieur, Pierre Lotrous, Claude Maillard, Michel Maïofiss, Patrick Morelli, Jean-Pierre Morlon (mon correspondant dans le Limousin), Pierre « Ditalia » Moulinier, Jean et Rosa Navier, François Porcile, Josette Prioré (et les éditions Denoël), Michel Ragon,

René Rougerie, Robert Sabatier, Gilles Sacksick, Colette Save-Dudognon, Raphaël Sorin, Mike Spingler, Marc Villard.

Remerciements particuliers aux regrettés André Schwarz-Bart et François Caradec.

Merci également à tous ceux qui m'ont facilité la tâche, ouvert leurs carnets d'adresses et leur documentation, mis de l'huile dans les rouages, donné la main d'une manière ou d'une autre : Jacques Baratier, José Benhamou, Myriam Bounafaa, Bernard Chassoux, Jean-Baptiste Chaumeil, Jacky Cukier, Hélène Dayan et François Tonnelier (*thanks for the mail to Irving Penn*), Alfred Eibel, Laurent Cazeaux, Jean-Paul Liégeois, Stéphane Ménard, Laurent et Édouard Nion, les rêveurs et autres oiseaux de Minerve (Gérard Camoin, Stéphane Gonzalès, Frank Reichert), Jacques Schwarz-Bart.

Et bien sûr Dadou et Janine Cohen. Et Nisaba !

Merci aux blogueurs Animula Vagula, Guy Darol, Éric Dussert, Bruno Montpied, Dominique Hasselmann, Gérard Lavalette.

Merci enfin à Philippe Claudel pour sa confiance.

Si j'ai oublié quelqu'un, qu'il me pardonne, c'est involontaire.

Si vous souhaitez réagir à ce livre, le commenter, prendre date pour boire un canon, apporter des précisions pour la prochaine édition, mon blog Le Copain de Doisneau est là pour ça! (http://robertgiraud.blog.lemonde.fr)

Crédits des chansons

© 1969, Léo Ferré, *La Mémoire et la Mer*

Où est-il donc ? Decaye/Carol et Vincent Scotto
© 1926, Éditions Fortin (Droits réservés)

Dans la collection
ÉCRIVINS

Daniel Arsand,
Ivresses du fils, 2004.

Patrick Cloux,
Un vin de paille, 2004.

Sébastien Lapaque,
Chez Marcel Lapierre, 2004.

Pierre Charras,
L'oiseau, 2004.

Alain Roehr,
Le fil de l'eau, 2005.

Sylvie Gouttebaron,
Du corps, 2005.

Jean-Claude Pirotte,
*Expédition nocturne
autour de ma cave*, 2006.

Nicole Lombard,
Loin des vendanges, 2006.

Baptiste-Marrey,
*Rouge, le vin
Rouge, mon cœur*, 2006.

Michel Quint,
Les joyeuses, 2009.

Robert Giraud,
Le vin des rues, 2009.

Pour l'éditeur, le principe est d'utiliser des papiers composés de fibres naturelles, renouvelables, recyclables et fabriquées à partir de bois issus de forêts qui adoptent un système d'aménagement durable.

En outre, l'éditeur attend de ses fournisseurs de papier qu'ils s'inscrivent dans une démarche de certification environnementale reconnue.

*Ce volume a été composé
par IGS-CP à L'Isle-d'Espagnac (Charente)
et achevé d'imprimer en France
par CPI Bussière
à Saint-Amand-Montrond (Cher)
pour le compte des Éditions Stock
31, rue de Fleurus, 75006 Paris
en avril 2009*